René Lüchinger, Birgitta Willmann

Ljuba Manz
Russische Seele – Wiener Herz
Das bewegte Leben der Schweizer Hotelkönigin

René Lüchinger
Birgitta Willmann

Ljuba Manz

Russische Seele – Wiener Herz

Das bewegte Leben der Schweizer Hotelkönigin

Stämpfli Verlag

Impressum

Bibliografische Information der Deutschen Nationalbibliothek: www.d-nb.de.

Verlag	Stämpfli Verlag AG, Bern, www.staempfliverlag.com
Lektorat	Benita Schnidrig, Stämpfli Verlag AG, Bern
Korrektorat	Stämpfli AG, Bern
Umschlagbild	© Graziella Vigo, Mailand
Gestaltung Umschlag	Christoph Bigler, Kleiner AG, Bern
Gestaltung Inhalt	Stephan Cuber, diaphan gestaltung, Liebefeld
Gestaltung Bildteile	Sandra Bühler, crealicious, Zürich

ISBN 978-3-7272-6030-8

Printed in Germany

Inhaltsverzeichnis

Dieses Buch widme ich Menschen, die mir viel bedeuten.

Meinem verstorbenen Gatten Caspar E. Manz, weil ich ihm unendlich viel zu verdanken habe.
Meinen Söhnen Sascha und Mischa, weil sie mein Leben bereichern.
Meinen vier Enkeln, die mir viel Freude bereiten.
Meinem Ehemann Marco Conte, weil er mich glücklich macht.
Meiner Familie und meinen Freunden, weil sie immer für mich da gewesen sind.
Meiner Assistentin Enrica Picciati, weil sie mich tagtäglich unterstützt.

Allen Partnern und allen Mitarbeitern, weil sie die Botschafter unserer Gastfreundschaft sind.

Ljuba Manz-Lurje

Vorwort

Die meisten Unternehmer und Unternehmerinnen durchlaufen einen klassischen Werdegang, bestehend aus guter Aus- und Weiterbildung, Kenntnis ihrer Branche und ansteckender Hingabe zum Geschäft. Der politische Werdegang als Pendant dazu wird im Jargon «Ochsentour» genannt, meint indessen eine wohlverstandene Stärke im Dienst der Allgemeinheit. Ljuba Manz ist der unternehmerische und menschliche Kontrapunkt zu gängigen Konventionen. Erstaunlich: In den Zeiten guter Konjunktur im letzten Viertel des vergangenen Jahrhunderts sind – vor allem seit Peters und Watermans «in search of excellence» – stets neue Theorien und Ratgeber für die Unternehmensführung in Mode gekommen und vermarktet worden. An all derartigen Schulen des Managements vorbei hat Ljuba Manz die massgebenden finanziellen und organisatorischen Instrumente eingeführt und damit dem renommierten Hotelkonglomerat handhabbare und wirkungsvolle Strukturen gänzlich eigenen Zuschnitts verpasst. Sie überführte «freestyle» die währschaften und eher traditionellen Gastwirtschafts- und Beherbergungsbetriebe ihres Ehegatten Caspar Manz in eine moderne, dynamische Hotelkette. Ihrem Sprachtalent, ihrem feinen Gespür für Menschen und Mentalitäten ist zudem der gelungene Einstieg in das lateinamerikanische Geschäft zu verdanken. Wer je Unternehmensentwicklung geführt oder begleitet hat, weiss um die hohen Anforderungen eines solchen Transitionsprozesses. Es fügte sich, dass der aus heiterem Wesen erzkonservative Stadtzürcher Caspar Manz seine Gemahlin nicht etwa nur gewähren liess, sondern dass er sie geradezu beflügelte. Er muss geahnt haben, dass sich an seiner Seite Verstand und Intuition zum Fortschritt des Familienerbes entfalten. So war es auch.

Die erfolgreiche Unternehmerin Ljuba Manz ist aber im guten Wortsinn eben auch femme fatale. Sie ist Kind besonderer Herkunft, wechselnder, bewegter Lebensumstände, wohl auch begünstigt durch die Freiheiten der sich für Frauen allmählich öffnenden Gesellschaft zum Ende des vorigen Jahrhunderts. Sie ist nach ihrer Jugend stets auf das Leben zugegangen und hat solches nicht bloss über sich ergehen lassen. Sie hat die Gabe zu säen, und sie hat die Sinnesfreude zu ernten; nie vergisst sie dabei Familie und Mitmenschen. Freilich geniesst sie ihre hinreissend glamouröse Ader und liebt sie Glut und Kitzel der Gesellschaft. Das mag gelegentlich etwas irritieren; man gewahrt ihrer Selbstdarstellung vielleicht als betörend glitzernde Fassade. Doch dahinter sprudelt aus grossem Herzen auch eine unaufhörliche Quelle des Kultursinns. Man trifft Ljuba Manz regelmässig in Oper, Konzert, Theater und erfährt, wie sie – vertraut mit vielen Exponenten aller Sparten – mit sicherem Urteil die Kulturstätten verlässt.

René Lüchinger und Birgitta Willmann bewegen sich mit narrativer Feder durch die Biografie. Sie verleihen den Ereignissen zeitgeschichtlichen Hintergrund, schälen das Verhaltensmuster von Mitmenschen heraus und reflektieren den Reichtum der Vita. Das Werk ist somit die Schilderung einer eigenwilligen Frau, verbunden mit der Ermunterung an Unternehmer, der inneren Stimme mehr Gehör zu schenken als dem Lehrbuch.

Im August 2018, Hans-Rudolf Merz, alt Bundesrat

Russische Seele

Die Herkunft: Armut in der Sowjetunion

Als Ljuba Gruber im russischen Charkow geboren wird, ist die Welt in keinem guten Zustand. Die Familie der Mutter hat in der russischen Revolution Hab, Gut und adligen Stand verloren. Der Vater ist vor den Nazischergen aus seiner Wiener Heimat gen Osten geflohen, und Hitler hat gerade seinen Weltkrieg angezettelt. Das bedeutet für die junge Familie erneut Entbehrung und Flucht, diesmal in eine fremde, muslimische Welt in Zentralasien.

Ljubov. Ljuba. Liebe. Auf Russisch. Kein alltäglicher Name. Und zu Ljubov, der Liebe, existiert eine Legende: Sie war neben dem Glauben (Wera) und der Hoffnung (Nadjeschda) eine der drei Töchter der heiligen Sophia (Weisheit). Der kleinen Ljubov, die am 27. Juli 1940 im ukrainischen Charkow das Licht der Welt erblickt und diesen bedeutungsschweren Namen erhält, ist die Symbolik dahinter wohl ziemlich egal. Es ist heiss an diesem Samstag, und die Welt, in die der Säugling hineingeboren wird, ist in keiner guten Verfassung. Adolf Hitler führt seit einigen Monaten Krieg und peitscht seine Wehrmacht von einer militärischen Offensive in die nächste. Im Baltikum werden im Eilverfahren Betriebe verstaatlicht, und der sowjetische Aussenminister Wjatscheslaw Michailowitsch Molotow verhandelt mit den Finnen, um eine entmilitarisierte Zone in ebendiesem Gebiet zu schaffen – eher depressive Meldungen finden Eingang in die Spalten der *Neuen Zürcher Zeitung.* Und in der *Weltwoche* packt der Schriftleiter Karl von Schumacher zwei Wochen nach der Niederwerfung Frankreichs die ganze Hoffnungslosigkeit der Zeitläufte in vier sybillinische, fast prophetische Worte: «Kurzer Krieg – langer Krieg?»

Vielleicht deshalb auch dieser Name: Ljuba. Die Eltern Lydia Minina Gruber und Ignaz Gruber rufen ihr Erstgeborenes in der Koseform: Es soll spüren, dass es ein Kind der Liebe ist. Viel mehr als ihre uneingeschränkte Zuneigung können die Eltern ihrer Tochter auch nicht geben. Sie leben zwar in einer Gegend, die vor vielen Jahren einmal die Kornkammer Eurasiens gewesen ist, am Fusse des südrussischen Hügellandes, dort, wo der Fluss Charkow im Zentrum der gleichnamigen Stadt in den Lopan mündet. Aber jetzt ist nicht nur das Korn knapp – überhaupt gibt es kaum Nahrungsmittel, und wenn es dem Winter zugeht, ist auch Brennmaterial rar. In den ersten Jahren ihres Lebens kennt die kleine Ljuba nichts anderes, und manches Mal faltet das Kind seine Hände und vertraut dem lieben Gott an, es träume von «einem eigenen Bettchen».

Über sieben Jahrzehnte später kann sich Ljuba, die nun mit Nachnamen Manz heisst, noch daran erinnern. Aber in den Gazetten wird sie inzwischen ehrfurchtsvoll *Hotelkönigin* genannt – mit Betten hat die Unternehmerin als Gastgeberin also tatsächlich noch immer zu tun. Es gibt Tage, da darf sie diese Passion ganz besonders zelebrieren. Der 12. September 2017 ist so einer. Ein gewöhnlicher Dienstag in Genf. Im *Hôtel de la Paix* am Ufer des Genfersees ist der rote Teppich ausgerollt. Für vierhundert handverlesene Gäste. Freunden und Kunden des über 150 Jahre alten Hauses, das von jeher als «exquisitestes Luxushotel in der Stadt Calvins gilt», wie es in einem historischen Rückblick der *Manz Privacy Hotels* heisst, denen gehört das *De la Paix*. Heute, an diesem zweiten Dienstag im September, sind in- und ausländische Journalisten hier. Blitzlichter poppen auf, Kameras surren. Drinnen: Musik. Glitzernde Lüster. Festlich gekleidete Menschen. Und mittendrin als glanzvoller Mittelpunkt: Ljuba Manz. Es ist ihr Tag, ihr Abend.

Wie eine Königin schreitet sie auf Stilettos durch die Menschenmenge. Parliert hier, gibt Küsschen da. Das Make-up tadellos wie immer. Der Schmuck an Hals, Ohr und Hand strahlt mit dem Lächeln auf ihren Lippen um die Wette. Was es hier zu feiern gibt, ist schliesslich eine Weltpremiere: Ljuba Manz hat das Erbe des legendären Schweizer Hotelpioniers César Ritz in sein Heimatland zurückgeholt. Jenes Hoteliers, über den der englische König Edward VII. gegen Ende des 19. Jahrhunderts einmal gesagt hat: «Hotelier der Könige und König der Hoteliers». Und deshalb heisst das Hotel am Lac Léman fortan *The Ritz-Carlton, Hotel de la Paix*, Geneva. Zum ersten Mal seit geraumer Zeit prangt der magische Name Ritz wieder über dem Empfang eines Schweizer Hotels. Umsonst war es allerdings nicht zu haben: «Es war wie in einer guten Ehe», erzählt die Besitzerin ihrer Festgemeinde lachend, «ich zahlte, zahlte und fragte nie.» 25 Millionen Franken habe die Renovierung des Hotels gekostet. Doch es geht um mehr als Geld, es geht auch darum, die Verbundenheit mit einem alten Freund aufleben zu lassen. Die Hoteliersfamilie Manz war schliesslich mit César Ritz befreundet, und in diesem Geist wird die auf den Schweizer Pionier zurückgehende, mittlerweile amerikanische *The Ritz-Carlton Hotel Company* das Genfer Juwel *De la Paix* in Zukunft auch führen.

Es scheint so, als folge dies einem tiefer liegenden, ja inzwischen fast verschüttet geglaubten Masterplan im Leben von Ljuba Manz, geborene Gruber. Es gibt schliesslich diese vergilbte Fotografie. Sie ist über hundert Jahre alt. Aufgenommen noch vor der russischen Oktoberrevolution von 1917 in ihrer Geburtsstadt Charkow. Darauf zu sehen: ein Hotel. An der Häuserfassade: kyrillische Schrift. Dieses Hotel hat Ljuba Manz' Grossvater gehört: Afanasii Minin. Ein stattliches Mannsbild. Ein Ladykiller, heisst es, einer, der ausgesehen habe wie die Hollywoodlegende Clark Gable und sich dem Savoir-vivre hinzugeben gewusst habe. Eine einzige Fotografie von ihm hat alle Kriege und Krisen des 20. Jahrhunderts überlebt. Sie zeigt den Grossvater in jungen Jahren. Ein Beau mit vollem, pechschwarzem Haar. Den Schnurrbart hat Afanasii Minin keck nach oben gezwirbelt. Er trägt ein reich verziertes Kosakenkleid. In der linken Hand reckt er ein Akkordeon in die Höhe, als wollte er seine Liebe zur Musik demonstrieren.

Dies ist kein Arme-Leute-Schnappschuss. Das Bild dokumentiert Herkunft und adliges Standesbewusstsein in der russischen Zarenzeit. Die Minins sind Guts- und Hotelbesitzer, pflegen den Weinanbau, besitzen Pferde und Stallungen. Grossvater Afanasii Minin ist ein französisch sprechender Bonvivant, Absolvent der Kunstakademie in Charkow, einer Metropole mit grosser kultureller Tradition, seit geraumer Zeit auch Universitätsstadt. Er ist ein begnadeter Musiker, der sich den schönen Künsten, der Jagd und den Pferderennen hingibt. Afanasii Minin heiratet Ekaterina. Am 4. April 1916, mitten im Krieg, kommt ein Töchterchen auf die Welt, das die Eltern auf den Namen Lydia taufen – Ljubas Mutter.

Diese Welt geht gegen Ende des Ersten Weltkrieges unwiderruflich unter. Die Zarenfamilie der Romanows, einst die mächtigste Familiendynastie Europas, erlebt ein dramatisches Ende, und mit ihr stirbt auch die Lebensart der frankophonen russischen Oberschicht. Totengräber ist ein Mann namens

Wladimir Iljitsch Lenin: Der radikale Bolschewik, der die Umwälzung anzettelt, die als Oktoberrevolution in die Geschichtsbücher eingehen wird, begründet schliesslich die UdSSR. Diese immensen Umwälzungen im 1500 Kilometer entfernten Petrograd, vormals St. Petersburg, werfen Schockwellen bis ins ostukrainische Charkow. Dort kommen nach einigen Monaten die Bolschewiki ebenfalls an die Macht, rufen die Ukrainische Sozialistische Sowjetrepublik aus, und die Stadt, in der Ljuba rund zwei Jahrzehnte später geboren wird, ist für einige Zeit sogar die Hauptstadt der Sowjetukraine.

Für die Minins brechen harte Zeiten an. Familien mit ihrer Herkunft stehen unter der neuen roten Herrschaft auf der Schattenseite. Gutsbesitzer werden enteignet, verfolgt, oft geht ihr Besitz in Flammen auf. Afanasii Minin und seiner Familie geht es nicht anders, und bei der Tochter Lydia graben sich dramatische Kindheitserinnerungen ins Gedächtnis ein, von denen sie Jahrzehnte später noch erzählt. Etwa wie sich der Pöbel über den Flügel und die Bibliothek der Minins hermacht, das schöne Klavier mit grober Gewalt zerhackt, das Holz verheizt, die Bücher achtlos in die Flammen wirft. Für einige der Familienmitglieder wird das alles zu viel. Der Bruder des Grossvaters nimmt sich das Leben, bevor es andere tun. Dessen Schwester stirbt an einem Herzinfarkt. Und am Grab seiner Mutter erschiesst sich deren Sohn, Lydias Cousin, wohl weil er seine Welt untergehen sieht und für sich keine Zukunft sieht.

Es zerbricht auch die Kleinfamilie des ehemaligen Gutsbesitzers Afanasii Minin. Seine Frau Ekaterina Minina lebt in ständiger Angst angesichts der Jagd, welche die neuen Herrscher auf Aristokraten veranstalten. Schliesslich flüchtet sie mit Lydia aufs Land, dort fühlt sie sich sicherer. Das ist mehr als eine temporäre räumliche Separation vom Gatten. Sie trennt sich schliesslich von Afanasii, heiratet einen Veterinär und bringt zwei weitere Töchter zur Welt, Lydias Halbschwestern Nadja und Wera.

Und Afanasii Minin? Der schlägt sich durch, indem er das tut, was eine russische Seele mit seiner kulturellen Herkunft am besten kann: Er singt Volkslieder, welche die einfachen Menschen zu rühren und begeistern vermögen – und keiner kommt auf die Idee, dass hier einer aus dem besseren Stande seine Stimme für das Landvolk erhebt. Doch Afanasii Minin plagt auch die Sehnsucht nach seiner Tochter, die jetzt kein Kleinkind mehr ist. Es sind unsichere, ja unwirkliche Zeiten, und so kommen die Eltern zu einer Übereinkunft, die unter gewöhnlichen Umständen wohl schwer vorstellbar gewesen wäre: Ekaterina bleibt bei ihrem Veterinär und den beiden gemeinsamen Töchtern, Afanasii nimmt Lydia in seine Obhut. Vater und Tochter müssen für ihren kargen Lebensunterhalt notgedrungen auf unkonventionelle Art und Weise aufkommen. Lydia ist inzwischen ein hübscher Teenager mit ebenmässigen Gesichtszügen und offenem Blick auf die Welt – ähnlich wie ihre Mutter Ekaterina, das zeigt ein rares gemeinsames Foto. Und sie hat eine betörende Stimme. So singt das Kind Volkslieder und wird vom Vater auf dem Akkordeon begleitet.

Was möglicherweise als romantische Projektionsfläche für ein einfaches Landleben und eine enge Tochter-Vater-Beziehung dienen könnte, ist in diesen bleiernen Zeiten eine mitunter gefährliche Angelegenheit. Es gibt diese furchterregende Episode, die Lydia Jahre später noch erzählt. Eines Nachts entführen Zigeuner das schlafende Mädchen aus einem Zimmer, und einen grossformatigen Spiegel lassen die Ganoven auch gleich mitgehen – der stammt noch aus dem gutsherrlichen Besitz des Vaters. Unbemerkt bleibt das verbrecherische Tun jedoch nicht. Es herrscht nämlich Mondschein und so spiegelt das Objekt der Begierde derart verräterisch, dass ein paar Gendarmen aufmerksam werden, die Räuber zur Rede stellen und darob das Mädchen aufwecken. Als Lydia realisiert, dass sie nicht mehr in ihrem Bett liegt, beginnt sie derart laut zu schreien, dass ihre Stimme bricht und sie danach für Wochen nicht mehr singen kann. Aber sie wird von den Ordnungshütern entdeckt, und so gelangen Tochter wie Spiegel ohne Blessuren und Glassprünge wohlbehalten zum Vater zurück.

Das unstete Tingel-Tangel-Leben ist zwar schwierig, aber noch erträglich im Vergleich zu dem, was später kommt. Als Lydia ungefähr sechzehn Jahre alt ist, sucht sie einen regelmässigen Broterwerb. Sie findet ihn in einer Fabrik in Charkow. Die Geburtsstadt von Ljuba ist schon zur Zarenzeit stark industrialisiert worden, zu Tausenden sind um die Jahrhundertwende russische Arbeiter in die ukrainische Stadt geströmt. Sie arbeiten in Eisenbahnwerkstätten, Traktorenfabriken oder in der Maschinenproduktion. Irgendwo in diesen Werkstätten kommt auch der Teenager Lydia unter. Es muss ein trister, ja grauenvoller Arbeitsalltag gewesen sein für die feingliedrige junge Frau, die doch eigentlich für das Musisch-Künstlerische brennt. In zwei Schichten malocht sie stattdessen für den Gegenwert von ein paar Hundert Gramm Brot.

Und doch hat sie es besser als viele Menschen in der Stadt Charkow, die um diese Zeit über 800 000 Einwohner zählt. 1933 herrscht dort schon seit Monaten eine unvorstellbare Hungersnot, die als Holodomor in die Geschichte eingeht, das heisst so viel wie Tötung durch Hunger, der Millionen von Menschen zum Opfer fallen. Noch heute streiten die Historiker über die Ursachen. War es eine von Menschenhand geplante Hungerkatastrophe, mit der die inzwischen im Moskauer

Kreml residierende Sowjetregierung um Josef Stalin die letzten nationalistischen Regungen in der Ukraine unterdrücken wollte, um das Land zu russifizieren? Nationale Freiheitsbewegungen waren nach dem Sturz des Zaren in der Ukraine «aufgepoppt» und hatten zu einer kulturellen Blüte mit einem zeitweilig unabhängigen ukrainischen Nationalstaat geführt. Oder sind es wie in anderen Sowjetrepubliken wetterbedingte Missernten und die Folgen der Zwangskollektivierung, welche die Menschen massenhaft in den Tod treiben? Eine Fotografie aus der Zeit zeigt eine Strasse in Charkow, deren Trottoir von Körpern toter Bauern gesäumt ist, während in der Strassenmitte Fussgänger vorbeihasten. Ein weiteres Bild dokumentiert ein Schild, das in der Stadt an einen Baum genagelt ist. Darauf steht in kyrillischer Schrift: «Der Aushub von Gräbern ist an dieser Stelle ausdrücklich verboten.» Diese grauenhafte Hungersnot gräbt sich tief in das kollektive Gedächtnis des ukrainischen Volkes ein, auch in das von Lydia Minina.

Lydia ist etwas über zwanzig, aus dem singenden Teenager ist eine zwar abgemagerte, aber wunderschöne junge Frau geworden, als sie einem Mann begegnet, den sie unter normalen Umständen nie kennen gelernt hätte. Jemand ihres Standes und noch im Zarenreich geboren, hätte wohl einen ukrainischen oder russischen Landadeligen geheiratet, das Leben einer begüterten Dame geführt und sich den schönen Künsten hingegeben. So aber spülen die Wirrungen der Weltgeschichte gegen Ende der 1930er Jahre Ignaz Gruber, den Spross einer Kaufmannsfamilie aus Wien, bis nach Charkow und dort schliesslich in die Arme von Lydia.

Bis dahin ist es freilich ein langer Weg. Als Ignaz Gruber im Jahre 1903 in der Donaumetropole zur Welt kommt, herrscht Frieden und Fortschrittglaube. Ende März war dort in den

Blumensälen der Österreichischen Gartenbaugesellschaft gerade die III. Internationale Automobil-Ausstellung zu Ende gegangen, über die die Wiener *Neue Freie Presse* schreibt: «Die Ausstellung hat schon bei ihrer Ausschreibung grosses Interesse in allen Fachkreisen geweckt, da speciell Wien ein sehr gutes Absatzgebiet für erstclassige Automobilwagen ist.» Es scheint eine sorgenlose Welt zu sein, in die der Kaufmannssohn und seine ältere Schwester hineingeboren worden sind. Die Menschen blicken voller Zuversicht in die Zukunft. Eine kurz vor dem Ersten Weltkrieg aufgenommene Fotografie zeigt einen Buben, der keck in die Linse schaut. Er ist für diesen Schnappschuss, der ihn zusammen mit seiner Mutter und seiner älteren Schwester sowie einem unbekannten kleinen Mädchen zeigt, hübsch zurechtgemacht worden: Der Seitenscheitel ist im gewellten Haar fadengerade gezogen, Weste und Anzug sitzen perfekt, das Ambiente verströmt bürgerliche Gemütlichkeit – der Lebensmittelladen der Grubers wirft für ein einigermassen begütertes Leben genügend ab.

Aus dem Buben wird ein idealistisch denkender junger Mann, durchaus auch mit politischen Interessen. Für eine Politkarriere aber ist er weder tauglich noch geschaffen. Und so wird Ignaz Gruber in Wien so etwas wie Zaungast der sich radikalisierenden politischen Verhältnisse in Österreich in den ausgehenden 1920er und 1930er Jahren. Er wird Mitglied des Republikanischen Schutzbundes, des Wehrverbands der Sozialdemokraten, der in seiner Blütezeit über 80 000 Mitglieder zählt. Das Ziel: Partei und Demokratie gegen den Austrofaschismus zu schützen. Im März 1933 löst der noch demokratisch gewählte Austrofaschist Engelbert Dollfuss das Parlament auf und begründet einen autoritären Ständestaat – es hätte das Signal für den Schutzbund sein müssen, für die demokratische Verfassung zu kämpfen. Doch die sozialdemokratische Parteileitung bekommt kalte Füsse. Die Organisation wird daraufhin von Dollfuss verboten und damit in die Illegalität gedrängt. Monate später, im Februar 1934, kommt es in Wien und anderen Städten zu blutigen Zusammenstössen zwischen der Staatsmacht mit Hunderten von Toten. Damit ist der Widerstand gebrochen, die Schutzbündler werden von der Regierung zum Staatsfeind Nummer 1 erklärt.

So wird aus dem Idealisten Ignaz Gruber unversehens ein politisch Verfolgter, dessen Leben an einem seidenen Faden hängt. Wegen seiner Mitgliedschaft beim Republikanischen Schutzbund wird er vor Gericht gestellt, zum Tode verurteilt und bis zum Vollzug in einem sogenannten Anhaltelager interniert. Der mittlerweile knapp über dreissig Jahre alte Mann hat nichts mehr zu verlieren. Er beschliesst zu türmen und wagt die Flucht in die nur rund siebzig Kilometer entfernte Tschechoslowakei, so wie Hunderte andere Mitglieder des vom autoritären Regime verfolgten Republikanischen Schutzbundes. Im Nachbarland herrschen immerhin noch demokratische Verhältnisse, auch haben die Grubers Familie dort, bei der der nun zum Flüchtling gewordene Kaufmannssohn aus Wien abtauchen kann. Ignaz scheint sich darauf einzurichten, hier Wurzeln zu schlagen: Er lernt Tschechisch.

Doch die Sicherheit ist trügerisch: Die Umwälzungen, die in den 1930er Jahren die politischen Verhältnisse in Mitteleuropa in rasantem Tempo umpflügen, treiben Ignaz Gruber wie eine Sturmwelle vor sich her und immer weiter gegen Osten. In seiner alten österreichischen Heimat ist der autoritäre Ständestaat im März 1938 durch den Anschluss an die deutschen Nationalsozialisten faktisch in der Diktatur Adolf Hitlers aufgegangen – ein Zurück gibt es für den Wiener also nicht mehr. Es folgt eine Irrfahrt in die andere Himmelsrichtung, über Polen landet er schliesslich im ukrainischen Charkow – dort sind antifaschistische Widerstandskämpfer, wie er einer ist, durchaus willkommen. Er lässt sich einmal mehr auf neue Verhältnisse ein und lernt Russisch. Weil aus dem schmächtigen Jüngling inzwischen ein stattlicher, sportlicher Mann geworden ist, findet er in der Fremde eine Anstellung der besonderen Art. Er wird Fussballtrainer beim *FC Dynamo Charkow*, bei einem 1928 gegründeten Club, der meist in der zweiten russischen Liga kickt. Aktenkundig ist auch, dass Ignaz Gruber einer der ersten fünf Absolventen des Kurses einer 1937 gegründeten Trainerakademie ist und dafür ein Diplom erhält. Für einen Moment scheint es so, als sei der gebürtige Österreicher am Ziel angelangt, als würde sein Leben endlich in geordnete Bahnen kommen. Irgendwann Ende der 1930er Jahre lernt der Fussballtrainer Lydia Minina kennen.

Die zarte Russin und der grossgewachsene Wiener mit den gewellten Haaren und den schönen Händen verlieben sich. Er verehrt die lebhafte Lydia, die so wunderbar singen kann. Sie geniesst seine Intellektualität, die Art, wie er über das Weltgeschehen philosophiert, seine Sanftheit. Und so kommt es, dass die Gutsherrentochter und der Kaufmannssohn aus Wien 1938 vor den Traualtar treten. Bilder von diesem freudigen Ereignis existieren keine mehr. Und auf Rosen gebettet ist das frischvermählte Paar auch nicht. Sie schuftet weiterhin in der Fabrik, er trainiert Fussballer. 1940 dann die Krönung der ungewöhnlichen Liaison: Ljuba, das Kind der Liebe, kommt zur Welt. Ignaz ist vernarrt in sein Töchterchen: Sie ist sein «Herzbinkerl», sein Herzblättchen, wie die Wiener zu sagen pflegen.

Das Kind ist noch nicht einmal ein Jahr alt, als sich an der Westgrenze Russlands, über tausend Kilometer vom ukrainischen Charkow entfernt, Dramatisches ereignet. In den

Morgenstunden des 22. Juni 1941 überqueren 3,6 Millionen Soldaten der deutschen Wehrmacht zwischen Ostsee und Schwarzem Meer die deutsch-russische Grenze: Das *Unternehmen Barbarossa* rollt an, der völkerrechtswidrige Überfall der Nazis auf das kommunistische Russland, der für Letzteres zum *Grossen Vaterländischen Krieg* wird. Vier Monate später, am 24. Oktober 1941, beginnt die 6. Armee der Wehrmacht ihren Vormarsch auf die ukrainische Metropole. Der Führerbefehl aus Berlin sieht vor, die Bevölkerung sei zunächst «durch Artilleriefeuer und Luftangriffe zu zermürben», um dann zur «Flucht veranlasst» zu werden. Für Ignaz Gruber und seine kleine Familie sind das brandgefährliche Aussichten – seine Vergangenheit als ehemaliges Mitglied des regimekritischen Republikanischen Schutzbundes in Österreich kann in diesen faschistischen Zeiten leicht das Todesurteil bedeuten. Diese Eventualität wird real, als die deutsche Wehrmacht Ende Oktober die Stadt praktisch kampflos einnimmt.

Als die Deutschen da sind, bleibt nichts mehr, wie es einmal gewesen ist. In Charkow tauchen plötzlich Tafeln auf, auf denen steht: «Parken verboten!», und ein deutsches Café namens «Komm zurück!» bietet «jeden Tag Konzert, Eis, Kuchen und Cacao-Kaffee» an. Hinter dieser biederen Kulisse deutscher Gemütlichkeit geschehen unvorstellbare Grausamkeiten. Es existiert ein Arbeitsamt Charkow, das während der deutschen Besatzung über hunderttausend junge ukrainische Arbeiter für das Reich zwangsrekrutiert. Zehntausende von Juden und denunzierten Kommunisten werden ermordet. Zudem werden die Wintermonate 1941/42 derart klirrend kalt, dass die Menschen reihenweise erfrieren, wenn sie nicht schon zuvor verhungert sind.

Von den Verhältnissen der neuen Besatzungsmacht wird auch die Familie nicht verschont, in die Ignaz Gruber eingeheiratet hat. Er selbst wird von Nazischergen aufgegriffen, und es droht das Schlimmste. Doch wie durch ein Wunder gelingt es dem Familienvater erneut, dem Tod zu entrinnen. Die Deutschen sind zwar in Charkow einmarschiert, aber in diesem Herbst 1941 ist deren Herrschaft noch keineswegs gefestigt, und so schafft er es abzutauchen. Weniger Glück haben andere Mitglieder der inzwischen räumlich weit versprengten Familie. So etwa Ekaterina Minina, Lydias Mutter. Ihr Mann wird von deutschen Soldaten erschossen. Sie selbst versteckt sich in den Weiten des Landes. Dank einem Huhn, das sie von jemandem bekommen hat, kann sie überleben. Dann wird sie von einem Wehrmachtssoldaten entdeckt. Der schreit auf Russisch: «Eier! Eier!» So muss Ekaterina das letzte Essbare hergeben – immerhin lässt sie der Dieb aber laufen. Weniger Glück hat deren jüngere Tochter Wera, eine schöne, junge Frau, ausgebildete Balletttänzerin, die sich den Partisanen angeschlossen hatte. Auch sie wird von den Deutschen geschnappt, vergewaltigt, schliesslich erschossen.

Um die gleiche Zeit macht sich Lydia auf die Suche nach ihrer Mutter Ekaterina – und spürt diese tatsächlich zusammen mit ihrer noch lebenden Halbschwester Nadja auf, sie bringt beide zurück nach Charkow. So finden in diesen grausamen Zeiten drei Generationen wieder zusammen: Die Mutter Ekaterina, deren Töchter Lydia und Nadja, die kleine Ljuba sowie Ignaz Gruber – nur von Afanasii Minin, dem vormaligen Ehemann der Ekaterina und Grossvater der etwas über einjährigen Ljuba, fehlt jede Spur.

Für die verbliebene Familie stellt sich die Frage: was nun? Sie beschliesst, dass es aus dieser trostlosen Lage nur einen Ausweg gibt: Flucht. Koste es, was es wolle – alles ist besser als der Tod. Was ihnen hilft, ist die Tatsache, dass die deutschen Besetzer Charkows in diesen Wochen der auseinanderbrechenden alten Ordnung Fliehende noch nicht mit allen Mitteln zurückhalten. Irgendwie schaffen es die fünf im Herbst 1941, einen Zug ins Nirgendwo zu erwischen. Ein Güterzug mit Viehwaggons ist es, der in der Not dem Transport von Menschen dient. Auch für zahlreiche Juden ist dieser Zug eine der letzten Möglichkeiten, den Schergen der SS zu entkommen. Etwa dreissig Familien teilen sich zusammengepfercht einen Waggon. Die Verhältnisse sind grauenhaft, Toiletten gibt es nicht. Noch Jahrzehnte später wird Ljuba Manz weitergeben, was ihr die Eltern berichtet haben: «Wer seine Notdurft verrichten musste, hielt den Hintern einfach aus dem fahrenden Zug.»

Endlos scheinende Wochen dauert diese Tortur. Und mit dem Schmutz, den unmenschlichen hygienischen Zuständen in den Waggons kommen die Epidemien: Typhus und Diphtherie. Nadja erkrankt schwer. Der Säugling Ljuba überlebt diese Höllenfahrt wohl nur, weil die Mutter sie stillt, so gut sie kann. Die Reise führt durch die endlosen Weiten Kasachstans, und immer fährt bei den im Innern Gefangenen die Angst mit. Bei einem Halt unterwegs fallen Bomben. Dutzende von Menschen sterben. Als der Zug endgültig zum Stehen kommt und die Insassen wieder festen Boden unter die Füsse bekommen, befinden sie sich in Usbekistan, in einer Stadt namens Namangan, einer fremden, weitgehend muslimischen Welt in Zentralasien, eingeklemmt im Irgendwo zwischen Kasachstan im Norden, China im Osten, Afghanistan im Süden – dreitausend Kilometer Luftlinie von der Heimat Charkow entfernt.

Auf Flüchtlinge wie die Grubers hat hier niemand gewartet. Die Sprache ist fremd, ebenso die Bräuche der Menschen. Es herrscht Kontinentalklima mit Temperaturen weit über dreissig Grad im Sommer, die Winter sind bitterkalt mit wenig Niederschlägen. Die Ankömmlinge aus Charkow wohnen zu fünft in einer Lehmhütte, der Hunger ist steter Begleiter. Lydia schafft es irgendwie, an Nahrung zu kommen: Im künstlich bewässerten Umland wird Reis angebaut, eines der Grundnahrungsmittel der Usbeken. Für ein Schälchen des Getreides schuftet sie nun in den sumpfigen Feldern und pflanzt Setzlinge. Eine Strapaze für die junge Mutter, die sich die Kleine am Körper umgeschnallt hat, während sie meist gebückt und im Nassen ihre Arbeit verrichtet. Ein Grund, warum Lydia das Baby auch auf dem Feld immer bei sich hat: Eine Nachbarsfamilie hat ihren Säugling verloren, weil eine Riesenschlange das Neugeborene aus dem Bettchen geraubt und hinuntergewürgt hat. Keine Mutter vergisst jemals so etwas Furchtbares, auch Lydia hat immer und immer wieder davon erzählt. Zumindest solche Erlebnisse bleiben den Grubers erspart. Dennoch zehrt das entbehrungsreiche Leben an der Gesundheit. Mutter und Tochter, Lydia und Ljuba, bekommen die tropische Malaria. Die Krankheit verharrt für immer im Körper. Und Ignaz ist mit der Zeit derart ausgemergelt, dass er nur noch 48 Kilo auf die Waage bringt.

Dreitausend Kilometer westlich, in der alten Heimat Charkow, tobt derweil der Krieg. Die Stadt ist bedeutender Eisenbahnknotenpunkt zwischen Kiew und Moskau und eine Werkstätte der russischen Rüstungsindustrie – dort ist der kampfstarke russische Panzer *T-34* entwickelt worden, und dort wird er auch produziert. Zwischen 1941 und 1943, als die Stadt durch die Rote Armee der Sowjets endgültig rückerobert wird, finden hier blutige «Schlachten bei Charkow» statt, wie es in den Annalen heisst. Über eine Viertelmillion Menschen sterben. Einer davon ist Afanasii Minin, der erste Ehemann von Ekaterina, der Vater von Lydia und Grossvater von Ljuba. Selbst für einen Lebenskünstler wie ihn ist es stetig schwieriger geworden, an Essbares zu kommen. Immer karger werden seine Mahlzeiten. Am Ende kocht er die Knochen aus, die ihm ein Hund, sein letzter Gefährte, bringt. Irgendwann bleibt der verschwunden, Afanasii Minin verhungert, wahrscheinlich im Jahr 1943. Seine Enkelin Ljuba hat Afanasii Minin nie zu Gesicht bekommen.

Von dieser Tragödie erfahren die Familienangehörigen erst, als der Zweite Weltkrieg zu Ende ist. Am 7. Mai 1945 wird im Obersten Hauptquartier der Alliierten im französischen Reims die bedingungslose Kapitulation der Deutschen Wehrmacht unterzeichnet. Luftlinie fünftausend Kilometer weiter östlich, im usbekischen Namangan, dürfen sich die Flüchtlinge aus Charkow in die Arme fallen: Sie alle haben überlebt, während praktisch jede Familie, die in der Not vor rund vier Jahren hier gestrandet ist, Opfer zu beklagen hat. Sie beschliessen, die Rückreise in die Heimat nach Charkow anzutreten. Dort kommen sie 1946 an, im ersten Jahr des Friedens. Ljuba ist knapp sechs Jahre alt. Bei der Ankunft in ihrer Geburtsstadt hat sie hohes Fieber – die azyklisch verlaufende Malaria tropica meldet sich zurück. Das Kind fällt ins Koma. Lydia flösst ihrer Tochter tröpfchenweise Chinin ein, und siehe da: Es hilft. Das Fieber geht zurück. Ljuba überlebt.

Das Stadtbild von Charkow ist voller Wunden. Der Krieg hat tiefe Schneisen geschlagen. Es herrscht Wohnungsnot und Nahrungsmittelknappheit. Die dreiköpfige Kernfamilie Gruber rund um Ignaz, den einzig verbliebenen Mann, dazu die Schwiegermutter Ekaterina und deren Tochter Nadja hausen in einem einzigen Zimmer. Eine Heizung gibt es nicht, ebenso wenig Strom. Öllampen spenden etwas trübes Licht. Diese werden auch zum Kochen zweckentfremdet – zumindest dann, wenn sich etwas Essbares in diese armselige Behausung verirrt. Noch heute erinnert sich Ljuba an das erste englische Wort, das sie gelernt hat: Corned Beef. Heisst so viel wie gepökeltes Rindfleisch. Das hat der Vater in Dosen irgendeinmal heimgebracht. Offensichtlich war das US-Produkt auf verschlungenen Wegen bis in die Ostukraine gelangt. Vielleicht ist Ignaz zu diesem kalorienhaltigen Leckerbissen gekommen, weil er wieder Sportler trainiert. Aktenkundig ist jedenfalls, dass in den 1940er Jahren der Name Gruber erneut als Co-Trainer von FC Lokomotive Charkow auftaucht, nach dem Krieg der einzig verbliebene höherklassige Fussballclub in der Stadt. Und sicher ist auch: In diesen Zeiten der Kargheit führt die kindliche Neugier über das Kulinarische. Unvergesslich für Ljuba, wie sie um diese Zeit erstmals in ihrem Leben «Sacher» kosten darf: Zucker.

Von Zucker und süsser Zukunft lässt sich träumen. In der tristen Gegenwart geht es jedoch um Existenzielles. Jeden Tag fragt sich Lydia, wie sie für die Ihren Essbares beschaffen kann. Oder wie sie zumindest etwas in die Finger bekommt, was als Geldquelle dienen kann, um Brot zu kaufen. Und tatsächlich kommt sie auf eine Idee, die auch ihren schon so lange verschütteten kreativen Talenten neues Leben einhaucht. Sie besorgt sich sogenannte Parachute-Seide, die von militärischen Fallschirmen stammt, die jetzt nicht mehr benötigt werden. Dieses Material spannt sie über einen Stickrahmen, sie stärkt es mit Cellulose und verziert die Oberfläche mit Blumenmustern, und fertig ist das bunte Kopftuch. Assistiert wird Lydia von der Tochter Ljuba, die mit den geschickten Händchen einer Sechsjährigen zu meist vorgerückter Stunde das Werk der Mutter mit kleinen roten oder grünen Tupfen vollendet. Tagsüber bieten die beiden ihre Kopftücher auf dem Markt feil, der Erlös wird in Essbares investiert.

Im täglichen Überlebenskampf in diesen ersten Wochen und Monaten der Nachkriegszeit in Charkow wendet manch einer auch weniger friedliche Methoden an. Das muss Ignaz

Gruber erfahren, als er einmal nachts unterwegs ist. Am Körper trägt er einen warmen Mantel aus Fell, den er von einem Wohlmeinenden geschenkt bekommen hat. Als Ignaz durch das Dunkel schreitet, hört er eine Stimme hinter sich, die ihn halblaut anweist: «Stehen bleiben! Nicht umdrehen, sonst wirst du erstochen! Mantel ausziehen!» Ignaz Gruber reagiert geistesgegenwärtig, sagt: «Nicht zustechen!» Er tut dies wie die Diebe hinter ihm auf Russisch. Sein Wiener Akzent ist freilich nicht zu überhören. Daraufhin tönt es aus der Nacht: «Das ist doch unser Trainer!» Der mit dem Messer, offensichtlich der Chef der Banditen, befiehlt: «Den Mantel anbehalten! Weitergehen!»

Weitergehen heisst es auch für die Grubers. In Moskau werden jetzt händeringend Männer und Frauen benötigt, welche die deutsche Sprache beherrschen: Nun, wo die Nazis und deren Verbündete besiegt sind, hat Russland mit Brandenburg oder Sachsen in Deutschland, aber auch in Niederösterreich oder im Burgenland besetzte Gebiete zu verwalten, und auch Berlin und Wien sind zu viergeteilten Zonenstädten geworden. Ignaz Gruber ist wie geschaffen für einen Job in der staatlichen Besatzungsbehörde, wo es etwa um Repatriierungen oder konfiszierte Vermögen geht. Der ehemalige Aktivist beim antifaschistischen Republikanischen Schutzbund ist ideologisch nicht vorbelastet, und sein österreichischer Pass der Vorkriegszeit wurde vom damaligen Regime nach seiner Flucht für ungültig erklärt. Nun ist er Russe, verheiratet mit einer Russin. Das ist ein Mann für die Besatzungsbehörde in Moskau, und diesem Ruf folgt die Familie Gruber nun geschlossen.

In Moskau beginnt für Ljuba der Ernst des Lebens: Sie muss in die Schule. Als sie acht Jahre alt ist, kommt sie wie alle anderen Kinder zu den Pionieren, der Jugendorganisation, die einst noch Staatsgründer Wladimir Lenin ins Leben gerufen hat. Sie lernt, was in diesem Land zu dieser Zeit alle Kinder lernen müssen: Jeden Tag ist eine gute Tat zu verrichten. Und: Leistungsbereitschaft und Wettbewerb sind siamesische Zwillinge von Hilfsbereitschaft und Solidarität – auf diesem Fundament will die kommunistische UdSSR rund um Lenins Nachfolger Josef Stalin den neuen Menschen erschaffen.

Stalin, der in den Augen der meisten Russen im Grossen Vaterländischen Krieg die Heimat vor dem Nationalsozialismus gerettet und dem Kommunismus zum Sieg verholfen hat, wird gefeiert. Sich dem Volk zu zeigen, gehört für die sowjetische Führungsriege zum Pflichtprogramm an den Feiertagen, vor allem aber am 1. Mai, am Tag der Arbeit. Auch die Grubers gehen an die Feierlichkeiten und Kundgebungen rund ums Lenin-Mausoleum. Ein Festtag für die Kinder, es gibt Eis und Limonade, Musik spielt auf. Ljuba Gruber ist knapp acht Jahre alt, als sie auf den Schultern ihres Vaters die Militärparade beobachtet und einen Blick auf die Tribüne mit den Regierenden erhascht.

Stephan Hermlin, der spätere DDR-Schriftsteller, beschreibt die Militärparade, die am 1. Mai 1948 auf dem Roten Platz stattfindet, in farbigen Worten. Er sieht Josef Stalin, der regungslos und in Militäruniform inmitten seiner Entourage aus dem Politbüro auf der Tribüne des Lenin-Mausoleums steht. Der Staatschef verzieht keine Miene. Um ihn herum tobt Begeisterung. «Die Musik vermengt sich mit dem Geräusch zahlloser Schritte, mit den unaufhörlichen Rufen, dem in der Menge aufflackernden Beifall, (...) die meisten Rufe gelten Stalin, auch Molotows Name wird oft genannt, die Studenten der Universität, die Schriftsteller, die Kolchosbauern, die Regierung, die Professoren werden gefeiert. Dieser Zug ist endlos.»

Hier verschmilzt «Volk und Macht im Zug der Zehntausenden», urteilt der deutsche Osteuropahistoriker Jan C.

Behrends. Das Gefühl, Teil eines Ganzen zu sein, ist auch für Ljuba überwältigend. Sie sitzt auf ihrem Hochsitz am Rande der Parade, dort, wo das gemeine Volk postiert ist. Auf der anderen Strassenseite sind auf dem Balkon gut erkennbar die regierenden Männer der Sowjetunion zu sehen. Plötzlich bemerkt Ljuba, wie sich der Kopf von Josef Stalin aus der Unbeweglichkeit löst und zu ihr dreht. Für einen kurzen Augenblick hebt das Staatsoberhaupt seine rechte Hand zum Gruss. Ljuba ist aus dem Häuschen. «Papa, Papa», schreit sie gegen die tobende Menschenmenge an, «Stalin hat mir zugewunken!»

Wiener Herz

Der Ausbruch: Tanzen an der Donau

Nach dem Krieg ist Wien eine geteilte Stadt, und Ljubas Vater, der gebürtige Österreicher Ignaz Gruber, wird zum Beamten der russischen Besatzungsmacht. Dennoch liegt die Zeit an der Donau wie ein Schatten über Ljuba. Bei den Grubers herrscht Armut, und kein Einheimischer will mit einem Russenmädchen etwas zu tun haben. Sie beginnt im Wiener Moulin Rouge zu tanzen: ihr Ticket, um aus diesem tristen Leben auszubrechen.

Ljuba ist acht Jahre alt, als sie Russland verlässt. Für immer. Es gibt noch dieses eine Foto, das am 25. Mai 1948 geschossen worden ist. Es zeigt die Achtjährige: ein dunkelblondes Mädchen, die Haare nach hinten gekämmt und am Hinterkopf mit einer grossen Schleife fixiert. Ljuba trägt ein hochgeschlossenes Kleidchen, darunter eine weisse Bluse, deren Kragen am Hals brav aufliegt. Lächelnd schaut sie in die Kamera, offen und zuversichtlich. Die Moskauer Jahre sind trotz aller Armut und Entbehrungen auch gute Jahre gewesen. Der Krieg ist vorbei, die Stadt an der Moskwa ist von Zerstörungen verschont geblieben, und es gibt Hoffnung auf eine bessere Zukunft.

Drei Jahre nach Kriegsende jedoch packen die Grubers erneut ihre Sachen. Ljuba aber muss ihre beste Freundin Svetlana zurücklassen. Sie wird sie in der Fremde fürchterlich vermissen. Dieses Mal geht es nach Wien, Ignaz Grubers Heimatstadt. Dorthin hat ihn die sowjetische Administration geschickt. Zur Reisegesellschaft gehören nebst Ljuba, Ignaz und Lydia auch deren Mutter Ekaterina, Ljubas Grossmutter, sowie ein noch ungeborener blinder Passagier: Lydia ist wieder schwanger. Nur Nadja, Lydias jüngere Schwester, Ljubas Tante, bleibt in Moskau zurück.

Sie reisen nur mit leichtem Gepäck – viel mitzunehmen gibt es nicht. Als die Familie nach stundenlanger Bahnfahrt endlich in Wien eintrifft, gelangt sie in eine Stadt voller Wunden. Über fünfzig Mal haben die US-Luftwaffe und die Royal Air Force im Krieg Bombenteppiche auf Wien gelegt, letztmals am 12. März 1945, und dabei sind auch etliche Kulturdenkmäler und Stadtpalais in der einst so opulenten k.u.k. Metropole zerstört worden. «Viele Gebäude waren grau und schwarz. Es gab viel Staub und viel Russ. In der inneren Stadt war immer November. Sie lag in einer schwärzlich-rötlichen Dauerdämmerung», notiert ein Zeitzeuge. Seit wieder Frieden herrscht, suchen die Bewohner den beschwerlichen Weg zurück zur Normalität. Es fahren wieder Strassenbahnen. Elektrizität gibt es wenigstens stundenweise. Ein trügerischer Alltag. Der Winter 1946/47 ist bitterkalt: Die Zahl der Kinder, die an Unterernährung leiden, ist auf siebzig Prozent emporgeschnellt; eine in der Stadt grassierende Typhus- und Ruhr-Epidemie kann mit Mühe und Not eingedämmt werden.

Wien ist seit dem 1. September 1945 viergeteilt. Wie in der ehemaligen Reichshauptstadt Berlin regiert auch an der Donau der Alliiertenrat der vier Siegermächte Amerika, Frankreich, Grossbritannien und Russland über die Stadt. Als die Russen in Wien zur Besatzungsmacht werden, ist das Neuland für sie, darauf sind sie nicht vorbereitet. Geschultes Personal

Vor der russischen Revolution von 1917 im Besitz der Familie Minin: das Hotel Uniwersal im ukrainischen Charkow.

Landadliger und Akkordeonspieler: Grossvater Afanasii Minin.

Wiener Familienfoto: Ignaz Gruber zusammen mit seiner Mutter (M.), seiner Schwester Mizzi (r.) und einem unbekannten kleinen Mädchen.

Mutter und Tochter: Ekaterina Minina (l.) mit Lydia Minina-Gruber.

Der Vater: Ignaz Gruber

Die Mutter: Lydia Minina-Gruber. (Charkow, 1943)

Familie Gruber nach der Emigration an die usbekische Grenze: Grossmutter Ekaterina Minina, Mutter Lydia Gruber, Vater Ignaz Gruber und Ljuba (v.l.n.r.).

Erstes Lebensjahr in Charkow: Ljuba Gruber als Baby.

Vor der Abreise von Moskau nach Wien: Schulkind Ljuba Gruber. (Moskau, 1948)

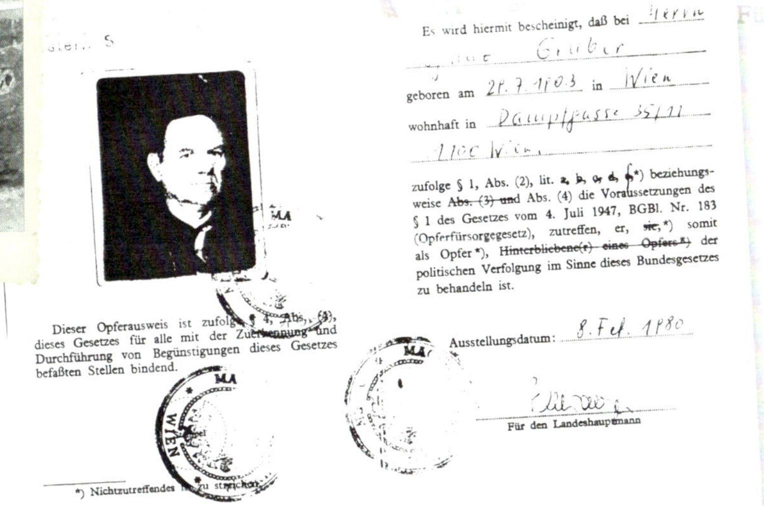

Es wird hiermit bescheinigt, daß bei Herrn
Ignaz Gruber
geboren am 28.7.1903 in Wien
wohnhaft in Dampfgasse 35/11
1100 Wien
zufolge § 1, Abs. (2), lit. ~~a, b, c, d,~~ f*) beziehungsweise ~~Abs. (3) und~~ Abs. (4) die Voraussetzungen des § 1 des Gesetzes vom 4. Juli 1947, BGBl. Nr. 183 (Opferfürsorgegesetz), zutreffen, er, ~~sie,~~*) somit als Opfer*), ~~Hinterbliebene(r) eines Opfers*)~~ der politischen Verfolgung im Sinne dieses Bundesgesetzes zu behandeln ist.

Dieser Opferausweis ist zufolge § 4, Abs. (3), dieses Gesetzes für alle mit der Zuerkennung und Durchführung von Begünstigungen dieses Gesetzes befaßten Stellen bindend.

Ausstellungsdatum: 8. Feb. 1980

Für den Landeshauptmann

*) Nichtzutreffendes ist zu streichen.

Opferausweis von 1980: späte Wiedergutmachung der Republik Österreich an Ignaz Gruber.

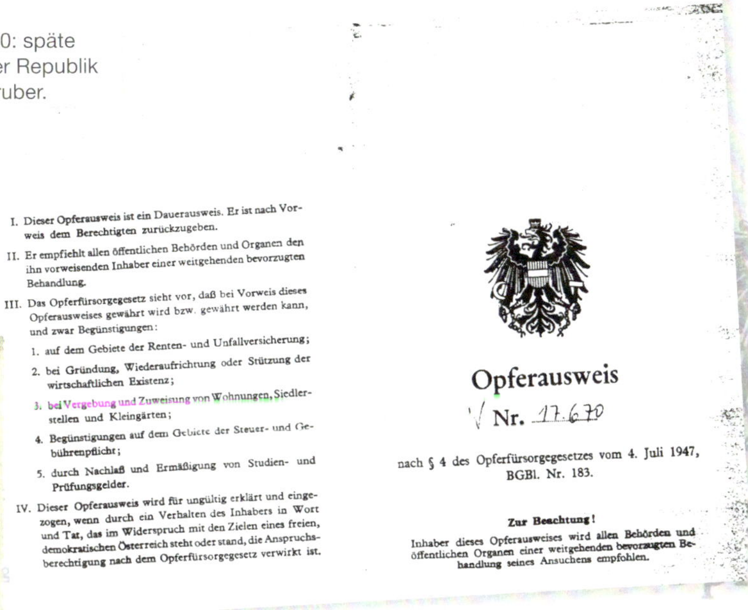

I. Dieser Opferausweis ist ein Dauerausweis. Er ist nach Vorweis dem Berechtigten zurückzugeben.

II. Er empfiehlt allen öffentlichen Behörden und Organen den ihn vorweisenden Inhaber einer weitgehenden bevorzugten Behandlung.

III. Das Opferfürsorgegesetz sieht vor, daß bei Vorweis dieses Opferausweises gewährt wird bzw. gewährt werden kann, und zwar Begünstigungen:

1. auf dem Gebiete der Renten- und Unfallversicherung;
2. bei Gründung, Wiederaufrichtung oder Stützung der wirtschaftlichen Existenz;
3. bei Vergebung und Zuweisung von Wohnungen, Siedlerstellen und Kleingärten;
4. Begünstigungen auf dem Gebiete der Steuer- und Gebührenpflicht;
5. durch Nachlaß und Ermäßigung von Studien- und Prüfungsgeldern.

IV. Dieser Opferausweis wird für ungültig erklärt und eingezogen, wenn durch ein Verhalten des Inhabers in Wort und Tat, das im Widerspruch mit den Zielen eines freien, demokratischen Österreich steht oder stand, die Anspruchsberechtigung nach dem Opferfürsorgegesetz verwirkt ist.

Opferausweis

Nr. 17.670

nach § 4 des Opferfürsorgegesetzes vom 4. Juli 1947, BGBl. Nr. 183.

Zur Beachtung!

Inhaber dieses Opferausweises wird allen Behörden und öffentlichen Organen einer weitgehenden bevorzugten Behandlung seines Ansuchens empfohlen.

Kleine und grosse Schwester: Ljuba (r.) mit zehn Jahren und Natascha Gruber mit achtzehn Monaten. (Wien, 1950)

Ferienjob mit Ausblick: Modeln für ein Möbelhaus. (Wien, 1958)
© Carl J. Hofer, Wien

Lebende Schaufensterpuppe: Ljuba Gruber im Schaufenster eines Möbelhauses. (Wien, 1958)
© Carl J. Hofer, Wien

Ingenieurstudent Frank: Er finanziert den Verlobungsring durch Blutspenden.

Komödiantenpaar: Duo Helensky. (Anfang 60er Jahre)

Duo Helensky

Universal Comedy Act

*

Die Universal-Komiker

*

Comique universelle

Programmheft eines Gala-Diners: Ankündigung des Duos Helensky. (1963)

Tänzerin Ljuba Karenina: Porträt in den Inseraten des Varietés Terrasse in der «Neuen Zürcher Zeitung». (1964–1967)

Varlin alias Willy Guggenheim: Portier des Hotels St. Gotthard, Zürich, Öl auf Leinwand. (um 1948) © Patrizia Guggenheim, Bondo

Glücklich am Ammersee: Hochzeitspaar Ljuba Gruber und Paul Lurje. (1971)

Nahe am Zürcher Bahnhof: Stich vom Hotel St. Gotthard. (um 1881)

Elegantes Ambiente: Café Restaurant Hotel St. Gotthard. (Anfang 20. Jahrhundert)

Sicht von der Bahnhofstrasse auf die Fassade des «St. Gotthard». (um 1910)

Wappen der Familie Manz.

Die Gründerfamilie der Manz-Dynastie im «St. Gotthard»: Kaspar und Elise Manz mit den Söhnen Ernst (l.) und Oskar. (Zürich, 1890)

Die zweite Generation der Familie Manz: Ernst Manz mit Ehefrau Gertrud, geborene Meister, inmitten ihrer fünf Kinder Bianca, Carla, Dora und Trudi, in der Mitte der ersehnte Sohn Caspar. (Zürich, 1926)

Braut und Bräutigam: Ljuba und Caspar Manz stossen im Hotel Sacher auf ihre Hochzeit an. (Wien, 1974)

Hochzeitskutsche: Das frischvermählte Ehepaar Manz fährt im Fiaker vor dem Hotel Sacher vor. (Wien, 1974)

Honeymoon auf Capri: Caspar Manz trägt ein von Ljuba geschenktes Hemd mit braunen Tupfen. (1974)

Kronleuchter und Jugendstilornamente: Wiener Café im Hotel St. Gotthard.

Freund und Restaurantbesitzer des Gundeldinger Casinos: Otto Baeriswyl und Ljuba Manz.

CONNESSA

Ljuba Manz-Lurje

CONNESSA

für eine Militärregierung gibt es kaum, ebenso wenig eingespielte Stäbe, während die Westmächte auf vielfältige Erfahrungen in der Verwaltung von Kolonialgebieten zurückgreifen können. Bei den Russen jedoch ist vieles Improvisation, als gemeinsame Leitlinie dient lediglich eine «Provisorische Verordnung über Kriegskommandanturen auf dem durch sowjetische Truppen eingenommenen Territorium Österreich», bestehend aus zehn Punkten. Auf dieser dünnen Grundlage müssen sie nun ihre Besatzungsgebiete Oberösterreich, Niederösterreich, das Burgenland sowie die Wiener Stadtbezirke 2, 4, 10, 21 und 22 verwalten.

Der seit Kriegsende ohnehin im Sold der Sowjetregierung stehende Ignaz Gruber kommt da wie gerufen. Er ist gebürtiger Wiener, spricht also perfekt Deutsch und ist auch mit den Verhältnissen in Russland vertraut – ein rares und darum gefragtes Profil. Bei der russischen Handelskammer tritt er seinen Dienst an. Die Familie bringt er in einer Wohnung im komplett zerbombten 10. Bezirk unter. An der Favoritenstrasse haben ihm die russischen Behörden eine enteignete Wohnung zugeteilt. Luxuriös sind die Umstände, unter denen Familie Gruber in Wien einquartiert ist, nicht gerade: Drei kleine Räume, Küche, Kammer und das sogenannte Kabinett, ein fensterloser Abstellraum hinter der Küche, muss sich die bald fünfköpfige Familie teilen. Kaltes Wasser kommt aus dem einzigen Waschbecken auf dem Flur, der ortstypischen Bassena. Diese wird, wie auch die Toilette, mit anderen Familien geteilt. Die bitterkalten Winter lassen das Wasser in den Leitungen gefrieren, ein Badezimmer gibt es nicht, für die Körperhygiene muss eine Schüssel mit angewärmtem Wasser genügen. Aber immerhin haben die Grubers drei Zimmer und ein Dach über dem Kopf, was in Wien um diese Zeit keine Selbstverständlichkeit ist. Durch die Bombardierungen der letzten Kriegstage sind 86 875 Wohnungen zerstört worden.

Ljuba ist trotzdem todunglücklich. Kein Wunder: Ihre Freundin Svetlana ist weit weg. Wien ist ihr fremd. Sie kennt und versteht niemanden, sie spricht ja kein Deutsch. Die verkohlten Ruinen der Häuserfassaden und die wegen des Strommangels nachts stockdunklen Strassen machen ihr Angst. Gelegenheit, andere Kinder kennen zu lernen, hat sie nur in der Diplomatenschule für russische Kinder. Dann, im Dezember 1948, kommt im russischen Militärspital ihr Schwesterchen Natascha zur Welt. Den Namen hat sich Ljuba gewünscht. Obwohl sie anfänglich der Ankunft der Kleinen skeptisch entgegengeblickt hat, ist sie vernarrt in das Baby, kaum ist es auf der Welt. Sie wickelt, füttert und hütet die kleine Schwester.

Eine kleine, familiäre Welt ist's bei den Grubers, während in jener draussen mitunter seltsame Nachkriegsverhältnisse herrschen. Einen Friedensvertrag haben die Alliierten mit Österreich nicht abgeschlossen, das können sie auch nicht, denn keine Regierung in Wien hat im Zweiten Weltkrieg je einem anderen Land den Krieg erklärt; die Österreicher waren stets nur als an Nazideutschland Angeschlossene in Kriegshändel verwickelt. Dennoch weht durch die besetzte Donau-Stadt die steife Brise des beginnenden Kalten Krieges: Russen wie Westmächte unterhalten dauerhaft ratternde Propagandamaschinen, um die Bevölkerung ideologisch je nach Blickwinkel kommunistisch oder demokratisch zu indoktrinieren. Und trotzdem hocken die vier Besatzungsmächte in Wien einträchtig in einem Jeep, um in der Stadt nach dem Rechten zu schauen – ein einmaliges welthistorisches Kuriosum, das der in Wien geborene jüdische Regisseur Leopold Lindberg 1951 in die *Vier im Jeep* verfilmt. Der von der Schweizer Filmgesellschaft *Praesens*-Film produzierte Streifen wird von der US-Propaganda denn auch sofort vereinnahmt: «Ein Film, der in Russland nicht gezeigt werden darf», heisst es auf Filmplakaten. An der Donau sind die *Vier im Jeep* in diesen Jahren dauerpräsent und Symbol für die besetzte Stadt. Im offenen Gefährt verständigen sich Amerikaner, Engländer, Franzosen und Russen wohl vornehmlich mit Händen und Füssen und hocken auf kapitalistischem Untersatz: Die Jeeps, später Dodges und Chevrolets, stammen allesamt aus amerikanischen Fabriken.

Optisch manifestiert sich, was auch politisch bewegt: Der kommunistische Osten prallt auf den kapitalistischen Westen. Luxuswaren, begehrte Nylonstrümpfe, Zigaretten oder Kaugummi, aber auch Lebensmittel sind in den Westzonen bald wieder erhältlich. Die sowjetischen Soldaten hingegen, meist einfache Bauern aus abgelegenen Gegenden der ausgehungerten Sowjetunion, reiben sich die Augen, wenn sie selbst im ausgebombten Wien einen Luxus vorfinden, den sie noch nie in ihrem Leben gesehen haben.

Ignaz Gruber eröffnen sich nun als Angestelltem der russischen Handelskammer berufliche Tätigkeitsfelder, wie sie nur in diesen chaotischen Nachkriegszeiten möglich sind und von denen Ljubas Vater nicht einmal geträumt hat. Der ehemalige Fussballtrainer in der Ukraine, der einst eine Handelsschule besucht hat, avanciert zunächst zum Hotelier, später zum Fabrikdirektor. Ende der 1940er Jahre schicken ihn die russischen Besatzer in die kleine Gemeinde Semmering in Niederösterreich. In der einst noblen Feriendestination der feinen Wiener Gesellschaft übernimmt er das Management des 1888 erbauten, legendären *Panhans* – ein mondänes Grandhotel im Fin-de-Siècle-Stil. In der Blütezeit ist Semmering Feriensitz der kaiserlichen Familie gewesen. Adlige aus aller Welt, betuchte Industrielle und Politiker haben hier verkehrt. Und im *Panhans* hat nicht nur der Kaiser persönlich genächtigt, sondern auch Geistesgrössen wie Gerhart Hauptmann, Karl Kraus oder Arthur Schnitzler. Semmering und das *Panhans* sind zu deren Zeit das österreichische St. Moritz. Nach Kriegsende wird dieses Juwel österreichischer Hotelierskunst von den Sowjets vereinnahmt und verwaltet. An der Spitze steht für einige Jahre immerhin ein gebürtiger Österreicher: Ignaz Gruber. Später amtet er im Solde der Sowjets als Direktor der Schicht AG in Wien-Atzgersdorf, einem Seifenproduzenten, einst eine österreichische Tochterfirma des holländischen Unilever-Konzerns.

Die Sowjets verfolgen als Besatzer eine ganz andere Politik als die Westmächte. Die USA verabschieden 1948 das amerikanische *European Recovery Program* (ERP) und pumpen über den Marshall-Plan Milliarden von Dollars in den Wiederaufbau des kriegszerstörten Europa. Die Russen aber wollen als Kriegsgewinner entstandene wirtschaftliche Schäden in der Sowjetunion wiedergutgemacht und kompensiert haben. 1946 unterstellen sie ehemaliges deutsches Eigentum in ihren österreichischen Besatzungsgebieten der Verwaltung des sowjetischen Vermögens in Österreich (USIA). 436 Betriebe zählt die USIA in der russischen Besatzungszone, 2 davon leitet vorübergehend Ignaz Gruber.

Wohlhabend werden die Grubers durch diese Jobs nicht. Die Gehälter sind bescheiden, geringer jedenfalls als bei den Alliierten. Die fünfköpfige Familie muss rechnen, sich mit wenig zufriedengeben. Zwar ist der Hunger in Wien Anfang der 1950er Jahre weniger verbreitet als auch schon. Die Beschaffung von Lebensmitteln ist aber noch immer schwierig. Vieles, etwa Fleisch oder Zucker, ist meist nur auf dem Schwarzmarkt erhältlich.

Es gibt Augenblicke des Glücks. Etwa wenn es den Grubers gelingt, ein Huhn zu ergattern. «Meine Mutter», erinnert sich Ljuba Manz noch Jahre später, «war eine Meisterin in der Verlängerung des Essens.» Die Kunst besteht darin, vorhandene Speisen in immer neuen Variationen auf den Teller zu zaubern, um die Mägen am Tisch möglichst lange satt zu bekommen. Das Geflügel wird also zunächst gebraten und sparsam verspeist, die Innereien werden verarbeitet, die Knochen ausgekocht – das ergibt einen Menüplan für eine Woche. Kartoffeln werden etwa mit der typisch österreichischen Debreziner-Wurst und Paprikapulver zu einer Art Gulasch vermischt, was ebenfalls ein paar Tage anhält. Heikel zu sein, kann sich in diesen Jahren niemand erlauben, gegessen wird alles, was auf den Teller kommt. Was verwertbar ist, entscheidet die Nase, hat Ljuba von der Mutter gelernt: «Sie lehrte mich, an Speisen zu riechen, um zu entscheiden, was geniessbar ist und was verdorben.»

Der Mutter muss Ljuba immer stärker zur Hand gehen. Bei Lydia zeigen sich nun die Spätfolgen des entbehrungsreichen Lebens, das sie von Kindesbeinen an führen musste: Sie hat Gicht in den Händen, die Kälte und die schlechte Ernährung haben ihrer Gesundheit zugesetzt. Und so hilft Ljuba neben der Schule kräftig im Haushalt mit. Was in Zeiten ohne Hilfsgeräte körperliche Schwerarbeit bedeutet. An Waschtagen etwa, einmal im Monat. Dann wird unter dem grossen Metallbottich im Keller das Feuer entfacht, bis das Wasser kochend heiss ist. Die Wäsche, die zuvor in einem hölzernen Bottich in eiskaltem Wasser eingeweicht worden ist, wird darin ausgekocht, die nasse, kiloschwere Leinenbettwäsche muss also vom einen Bottich zum anderen gehievt werden – kaum zu schaffen für die beiden zierlichen Frauen. Zwei Tage dauert die Waschaktion. Zum Schluss werden die Leintücher ausgewrungen und mit meist von der Fronarbeit dick geschwollenen, tauben Händen im Hof aufgehängt.

Ausserhalb von ihrem Zuhause registrieren die Grubers, dass sich manches verändert. In der Stadt hat die Stimmung gegenüber den Besatzern seit Kriegsende gedreht. Sind die Alliierten 1945 noch mehrheitlich als Befreier vom Nationalsozialismus gefeiert worden, betrachtet man sie jetzt als notgedrungen zu duldende Fremde, aber oft auch als Plünderer, welche die Not der Einheimischen durch ihre ungeliebte Präsenz nur verschlimmern. Der Grund: Die Besatzer kosten Geld, viel Geld: «Besatzungskosten bis Ende 1951: 6,4 Milliarden Dollar», titelt etwa das *Neue Österreich* am 27. Juli 1952, am Tag von Ljubas zwölftem Geburtstag. Zwischen den Zeilen gibt die Zeitung zu verstehen, wer der Hauptschuldige ist: «Schwere Verluste in Millionen Dollarhöhe durch Beschlagnahmungen, Demontagen und Abtransporte durch eine Besetzungsmacht». Jeder Leser weiss: Gemeint sind die Sowjets, die sich berechtigt sehen, die Kosten des *Grossen Vaterländischen Krieges* durch Demontage von Industrieanlagen oder Beschlagnahmungen zu kompensieren.

Bei den Österreichern, die selbst gehungert und gelitten hatten, kommen die sowjetischen Wiedergutmachungen nicht gut an. Russen sind unbeliebt an der Donau, das bekommt auch die heranwachsende Ljuba zu spüren. Seit Anfang der 1950er Jahre besucht sie das Gymnasium an der Waltergasse 7 im 4. Wiener Bezirk. Es ist eine ehemalige Jungenschule. Da aber an den Schulen Platznot herrscht, werden dort inzwischen in getrennten Klassen auch Mädchen unterrichtet. Am ersten Schultag hat Ljuba ihr schönstes Kleidchen angezogen und das Haar mit der obligatorischen Schleife geschmückt.

Die Lehrerin lässt den Blick prüfend durch den Raum schweifen. Bei Ljuba hält sie inne, sagt Worte, welche die Angesprochene bis heute nicht vergessen hat: «Die Schleife kannst du grad wieder abnehmen. Jeder hier weiss, dass du eine Kommunistin bist.» Ljuba, die Tochter eines antifaschistischen Österreichers ist für diese Pädagogin nur das Kind eines verhassten Besatzers. Keine Mitschülerin will neben dem Russenmädchen sitzen, geschweige denn mit ihm befreundet sein.

Diese Jahre in Wien brennen sich als bedrückende, dunkle Zeit in Ljubas Gedächtnis ein, voller Demütigungen und Zurückweisungen. Wie oft hat sie sich gefragt, ob es für sie kein schönes Leben geben könne. Ordentliche Kleider. Ein Zuhause. Ein eigenes Bett. In ihrer Einsamkeit malt sie sich eine Traumwelt aus. Tänzerin möchte sie werden. Musik, das Gefühl für Rhythmus und Bewegung, hat sie von der Mutter, von ihren russischen Vorfahren im Blut. Sie stellt sich vor, wie sie als Ballerina im Moskauer Bolschoi-Theater auf Zehenspitzen graziös vor Publikum Pirouetten dreht. Das ist mehr als romantische Schwärmerei eines Teenagers. Ljuba spürt: Sie muss das tun, muss tanzen. Nicht nur, weil sie die Musik im Körper fühlt. Sondern vor allem auch, weil sie ahnt, der Tanz könnte ihr helfen, die Ketten zu sprengen. Dieses triste Leben, das sie so sehr verachtet, hinter sich zu lassen.

Ein erster Schritt: Ljuba darf Klavier spielen. Auf wundersame Weise sind die Grubers nämlich an das Instrument von Tante Mizzi gelangt, der einzigen Schwester von Ignaz Gruber. Sie hat das Piano nach ihrem Tod der Familie vermacht. Und Ljuba darf tanzen lernen. Wiens erste Adresse in diesen Jahren ist die Tanzschule von Willy Fränzl, dem ehemaligen Solotänzer der Wiener Staatsoper. Dort geht der Teenager in den Ballettunterricht. Sie ist begabt, das sieht der Tanzlehrer sofort. Aber leider mittellos, und Ballettstunden sind teuer. So schlägt Willy Fränzl ein Tauschgeschäft vor. Der Tänzer organisiert Jahr für Jahr den berühmten Opernball in Wien. Am Abend der grossen Tanzgala bei den Kursen für Standardtänze benötigt er eine ausdrucksstarke Vortänzerin: Ljuba. Als Gegenleistung erhält sie Ballettstunden, lernt tanzen und muss dafür nichts bezahlen.

Die Zukunft in Österreich beginnt am 15. Mai 1955, an einem Freitag, im Marmorsaal des *Oberen Belvedere* im Sommerschloss von Prinz Eugen. Es ist 11.34 Uhr. Die vier Aussenminister der Alliierten und politische Vertreter Österreichs unterzeichnen einen Staatsvertrag, der das Land aus der Besatzung entlässt. «Frei und unabhängig», titelt das Organ der demokratischen Einigung *Neues Österreich,* sei das Land nun, und der russische Aussenminister, der als letzter signierende Wjatscheslaw Michailowitsch Molotow, meint feierlich: «Ich beglückwünsche die Einwohner des ruhmreichen Wien.»

Zehn Wochen später, am 27. Juli 1955 – es ist Ljubas fünfzehnter Geburtstag –, finden an der Donau erneut Feierlichkeiten statt. An der Südseite des Schwarzenbergplatzes in Wien, der noch Stalinplatz heisst und wo sich die alliierten Kommandanturen befinden, wehen Flaggen im Wind. Der Alliierte Rat tritt zu seiner letzten Sitzung zusammen und beschliesst dessen Auflösung. Gegen elf Uhr stehen französische, russische, englische und amerikanische Ehrenkompanien in Reih und Glied. Während die Nationalhymnen erklingen, werden die alliierten Flaggen eingeholt. So endet die Besatzungszeit in Wien. Bundespräsident und Bundeskanzler verkünden die frohe Botschaft über alle Sender des Landes, die *Presse* titelt auf der Front: «Wien feiert den Tag der Freiheit.» Innert neunzig Tagen soll der letzte Besatzer aus Österreich abgezogen sein.

Für Ljuba und die Grubers ist dies ein Tag mit Folgen. Ignaz Gruber verliert seinen Job bei der russischen Handelskammer. Die einst von den Russen beschlagnahmte Wohnung an der Favoritenstrasse verlangen die ursprünglichen Besitzer zurück. Die Grossmutter Ekaterina kehrt nach Russland zurück. Hastig suchen die Grubers nach einer neuen Bleibe. Sie finden diese in einem Achtfamilienhaus an der Dampfgasse 23. Sie können zwar im vertrauten 10. Bezirk wohnen bleiben. Aber es ist ein Abstieg. Ein einziges Zimmer müssen sich die Eltern und die beiden Mädchen nun teilen. Eine Wasserzufuhr gibt es nicht, auch keinen Gasanschluss und keine Heizung. Mit einigen Tricks gelingt es Ignaz Gruber, von irgendwoher eine Gasleitung in die Küche zu legen, ebenso ein Rohr, aus dem etwas Wasser rinnt. Ein kleiner runder Kohleofen am Boden spendet spärlich Wärme. Eingeheizt wird dieser mit Kohlebriketts, die Ljuba beim Kohlehändler besorgt und im Eimer nach Hause schleppt. Ein WC gibt es einmal mehr für zahlreiche Hausbewohner. Wer länger sitzt, muss damit rechnen, dass ein Klopfen an der Türe zur Eile mahnt, weil ein anderer es auch pressant hat. Immerhin: Gegenüber liegt der Waldmüllerpark, etwas Grün im Wiener Grau.

Ignaz Gruber findet keine Arbeit mehr. Nicht in Österreich, niemand will dort mit ehemaligen Besatzern noch etwas zu tun haben. Nicht in der Sowjetunion, dort gibt es nach der Besatzungszeit keine Verwendung mehr für einen wie ihn. Es ist eine bittere Erkenntnis: Der Vater, der einst als Antifaschist vor den Nazis nach Russland geflüchtet ist und seiner neuen Heimat nach dem Krieg in der alten Heimat beigestanden hat, ist zum doppelten Opfer dieses Krieges geworden. Finanzielle Unterstützung für die Grubers gibt es praktisch keine. Verwandte, die Eltern und auch die Schwester sind im Krieg umgekommen.

Österreich ist frei, und Ljuba fühlt sich gefangener denn je. Wie oft hat sie das Gefühl, sie ersticke in diesem Dreck, dieser Armut um sie herum, diesem Sumpf, den sie ebenso sehr verabscheut, wie die Verachtung, die ihr an der Donau oftmals entgegenschlägt. Dieses Gefühl der Ohnmacht vergisst sie ein Leben lang nicht. Um die lähmende Angst niederzuringen, wendet sie sich in solchen Momenten an ihren Stern, wie sie das nennt, den Leitstern, der ihr ihren Lebensweg zeigen soll. Noch Jahrzehnte später spricht Ljuba davon, sie habe so eine Quelle der Kraft gefunden, die sie immer weiter vorwärtsgetrieben habe. In die Welt hinaus. In ein besseres Leben. Weg von Wien.

Dieser Überlebenstrieb lehrt sie, was es für ein besseres Leben auch braucht: Geschäftstüchtigkeit. Mit dreizehn Jahren bringt Ljuba im eigenen Schrebergarten gepflückte Früchte zum Markt und verkauft die Ware für einen Schilling. In den langen Sommerferien nimmt sie fast jeden Job an, der sich ihr bietet. Bei einem Kürschner näht sie mit flinken Fingern aus Pelz-Abfällen Hüte oder Muffs, die sie dann Kunden feilbietet. Ein anderes Mal verkauft sie Schuhe. Keine Arbeit für eine empfindliche Nase. Wenn die Kunden aus ihren Tretern steigen und in nicht gewaschenen Socken dastehen, ist das für die Verkäuferin eine olfaktorische Beleidigung. Erfinderisch wie sie ist, findet Ljuba für sich eine Lösung. Bezahlt werden sie und ihre Kolleginnen pro verkauftes Paar Schuhe, und wer Erfolg haben will, muss adrett aussehen. So macht sie den anderen jungen Frauen im Verkauf einen Vorschlag: Diese werden von ihr geschminkt und schreiben dafür ein verkauftes Paar Schuhe auf Ljuba gut. Am Ende ist Ljuba die erfolgreichste Verkäuferin – ganz ohne Kontakt zu stinkenden Socken.

Ihre geschickten Hände sind auch in einer Apotheke gefragt. Dort dreht die junge Frau Pillen und Zäpfchen, füllt diese in Tüten ab. Nebenbei wehrt sie charmant die amourösen Avancen des Chefs ab, der ihr ab und an wohl als Zeichen der Zuneigung einen Silberling in die Tasche steckt. Da hat der Sohn des Apothekers schon mehr zu bieten: Der sieht aus wie James Dean und ist zudem Besitzer eines schnittigen Schlittens der britischen Marke MG. In den jungen Mann verliebt sich die junge Ljuba unsterblich. Die Liebe bleibt jedoch unerfüllt. Da geht es beim Notar, einem ihrer nächsten Jobs, wesentlich unprosaischer zu. Dieser wacht mit Argusaugen darüber, dass sie die Akten exakt nach seinem akribisch geführten System ablegt – was auch eine Lehre fürs Leben sein kann.

Mit sechzehn Jahren entdeckt sie eine Welt, die ihr ganz besonders gefällt, die des Theaters. Der Teenager steht in kleinen Nebenrollen auf der stadtbekannten Löwinger-Bühne, in einem Volkstheater, an dem vorwiegend Lustspiele und Possen aufgeführt werden. Geleitet wird dieses von Paul Hörbiger, dem Bruder des bekannten Burgschauspielers Attila Hörbiger. So kommt es, dass Ljuba gelegentlich zusammen mit berühmten Schauspielern wie den Hörbigers oder Johannes Heesters auf der Bühne steht. Doch der Moment des Applauses ist flüchtig. Nachts, nach Ende der letzten Vorstellung, läuft sie oft mutterseelenallein durch den Waldmüllerpark mit einem Kloss im Hals nach Hause. Immer in Angst, sie, die Unerwünschte, könnte überfallen oder vergewaltigt werden.

Ist das ein Leben? Wenn Ljuba Jahrzehnte später über diese Zeit räsoniert, spricht sie von einem inneren Leidensweg, den sie habe durchschreiten müssen: ihren persönlichen Jakobsweg. Sie habe intuitiv gewusst: Der Tanz ist der Schlüssel, die triste Gegenwart an der Donau hinter sich zu lassen. Ein Weg, der seinen Preis einfordert. Einer voller Widersprüche. Er wird schliesslich bedeuten, den arbeitslosen Vater, die kränkelnde Mutter, die geliebte Schwester hinter sich zu lassen. Heimatlos zu sein, in anonymen Absteigen zu nächtigen und vordergründig in glitzernden Cabarets aufzutreten. Immer lächelnd, immer einsam. Aber dafür kann Ljuba dann Geld nach Hause zu ihren Liebsten schicken. Und es gibt auch jene flüchtigen Glücksgefühle, wenn der Applaus aufbraust.

Doch vorerst bleibt sie in Wien. Auch in der Donaustadt gibt es solche Adressen. Plakate zeigen tanzende Mädchen. Darunter steht: «Wiens führendes Vergnügungsetablissement.» Darüber steht: «Moulin Rouge» – die Kopie des Pariser Originals an der Donau. Mit achtzehn Jahren meldet sich Ljuba Gruber auf eine Anzeige: Es werden Tänzerinnen für die Abendrevue gesucht. Hübsch ist sie, schöne Beine hat sie auch, und sie kann tanzen – sie bekommt den Job. «Wiens internationales Cabaret» liegt an der Walfischgasse 11 im 1. Bezirk in der Nähe der Oper. Hinter einer roten, halbrunden Fassade «tanzen die schönsten Frauen des Kontinents», heisst es in den Annoncen. Ljuba ist jetzt eine von ihnen. Wer sie sehen will, betritt das Etablissement durch eine dunkelrote Schwingtür mit ausladenden goldfarbenen Knäufen in Form von zwei Schnecken. An guten Tagen sind es über zweihundert Frauen und Männer, die hier beschwingt das Leben geniessen. Bilder der Zeit zeigen Paare, die vergnügt das Tanzbein schwingen, Akrobaten, die unter Applaus des Publikums auf Champagnerflaschen den Handstand zeigen. Hier ist was los, und Ljuba ist mittendrin, tanzt im paillettenbesetzten Kostüm und üppigem Burlesque-Kopfschmuck unter Künstlern, Gauklern und Revuegirls. Zuhause kommt dieses Treiben natürlich nicht nur gut an. Lydia verfolgt den Tanz der Tochter im *Moulin Rouge* mit dem besorgten Blick der Mutter, die fürchtet, diese könnte auf den Pfad des Lasters abdriften. Einmal postiert sie sich doch tatsächlich vor diesem Etablissement, um Ljuba abzufangen – doch diese erhält einen Tipp vom Türsteher und schlüpft durch einen Hintereingang ins Innere.

Die Mutter steckt in einem fürchterlichen Zwiespalt. Immer hat sie Angst, ihre Tochter könnte mit der Tanzerei auf die schiefe Bahn geraten – kein blosses Hirngespinst: Ljuba erlebt, wie neun von zehn Tänzerinnen in diesem Metier versumpfen. Gleichzeitig ist die Tanzerei der Tochter praktisch die einzige Einnahmequelle für die ganze Familie. Dieses Dilemma bringt Mutter Lydia bisweilen ans emotionale Limit. Sie weiss, dass Ljuba eine Kraft hat, die bei ihr selbst langsam versiegt. Wenn die Tochter weg ist, fehlt sie in der Familie. Wenn Ljuba dableibt, fehlt das Geld, das sie durch den Tanz in der Fremde verdienen und nach Hause schicken könnte. Ljuba aber hat sich längst entschieden.

Geld ist immer knapp bei den Grubers. Die Eltern sind wegen der Erwerbslosigkeit des Vaters inzwischen derart verzweifelt, dass sie die Suche nach Arbeit bis in die alte Heimat ausdehnen, sich monateweise in Kiew aufhalten und natürlich auch die kleine Natascha mitnehmen. Das schmerzt die grosse Schwester ganz besonders. Ljuba bleibt in Wien zurück, muss sich alleine durchschlagen. In der kargen Wohnung kann sie zwar wohnen bleiben – Geld für die Miete hat sie aber keines. Eines Tages steht der Pfändungsbeamte vor der Tür. Ein ungebetener Gast, für den dieser Besuch zum Fiasko wird – selbst unter grösster Anstrengung findet er unter Ljubas Habseligkeiten nichts, was sich verpfänden liesse. So wird die Wohnung mit einer Pfändungsmarke, einem sogenannten Kuckuck, verschlossen. Ljuba findet Unterschlupf bei Freundinnen – ein Bett, geschweige denn ein Zimmer gibt es dort nicht. Aber immerhin eine Badewanne, die sich nachts als improvisierte Schlafstätte missbrauchen lässt.

Ein Leben von der Hand in den Mund. Eines, das ständige Improvisation erfordert. Ljuba sammelt etwa leere Milchflaschen, die sie in die Milchzentrale bringt – dafür gibt's etwas in den Magen: ein Glas Milch und eine Semmel. Sie besucht neben dem Gymnasium eine Privatlehranstalt zur Herausbildung und Weiterbildung von Mannequins – im Juli 1957 hält sie das Zeugnis der Mannequin-Schule Lazek in den Händen: Sie hat den Kurs mit «sehr gutem Erfolg» absolviert. Das bringt mitunter kuriose Jobs, für einen Bettenverkäufer in Wien etwa räkelt sich die junge Ljuba wie vom Auftraggeber gewünscht im Schaufenster in einem Bett des Hauses. Eine Attraktion. Die Passanten drücken sich an der Scheibe die Nasen platt, und sogar die Zeitung kommt vorbei, berichtet darüber. Um die gleiche Zeit besucht sie auch das «Bundesrealgymnasium für Mädchen und Frauenoberschule» an der Laaer-Berg-Strasse im 10. Bezirk. Sie will ja weiterkommen im Leben. Sie büffelt Latein, Englisch und Mathematik. In Leibesübungen, ihrem Lieblingsfach, bekommt sie eine glatte Eins, ein «sehr gut» also.

So viel Umtriebigkeit zieht natürlich auch junge Burschen an. Ljubas Tanzpartner beim Fränzl etwa, ein junger Mann namens Helmut Marx, verliebt sich bis über beide Ohren in sie; um Ljuba zu gefallen, büffelt er sogar Russisch. Letzteres ist zumindest nicht umsonst: In Ljubas alter Heimat macht dieser Helmut Marx später grosse Karriere, wird Direktor der Creditanstalt Austria in Moskau. Ein anderer Jüngling, ein Ingenieursstudent, pflegt die Angebetete sonntags in das Tanzcafé im Wiener Volkspark einzuladen. Eines Tages steht er vor Papa Gruber und hält um die Hand der Tochter an – einen goldenen, mit kleinen Rubinen besetzten Ring hat er auch schon organisiert. Finanziert hat er das teure Teilchen buchstäblich mit seinem Lebenssaft. Blut gespendet habe er, bekennt der

Verliebte, und Ignaz Gruber ist über so viel persönlichen Einsatz beeindruckt. Den müsse sie heiraten, meint der Vater zur Tochter, der liebe sie ja bis aufs Blut. Ljuba verspürt wenig Lust. Sie ist gerade einmal siebzehn. Da wäre ein Mann, und wäre er noch so fesch, doch nur ein Klotz am Bein.

Wie viel mehr Aufregung versprechen da die Weltfestspiele der Jugend und Studenten, die Weltjugendspiele, die im Sommer 1957 in Moskau stattfinden. Ljuba ist auserwählt, bei der Eröffnungszeremonie an der Spitze der österreichischen Delegation die Fahne ihrer neuen Heimat zu tragen. Schon die Anfahrt ist eine Gaudi. Tagelang sitzen die Jugendlichen gemeinsam im Zug von Wien in die russische Metropole. Als sie dort ankommen, finden sie sich in einer Märchenwelt wieder. 150 Künstler haben die Stadt für die *6. Weltjugendspiele*, die ersten in der Sowjetunion, herausgeputzt. Eine Million Menschen, heisst es, seien auf den Beinen, als 34 000 Ausländer aus 131 Nationen am Fest der Völkerfreundschaft eintreffen – so viele wie nie zuvor und nie mehr danach bei Weltjugendspielen. Es gibt diese Bilder von farbenfroh gekleideten Jugendlichen im kurz zuvor eröffneten Luschniki-Stadion und Schnappschüsse lachender junger Menschen beim Tanz. Sie machen die Nacht zum Tag, besuchen während der zwei Wochen dauernden Party Konzerte, Festivals, Theateraufführungen und Ausstellungen. Es ist wohl der grösste grenzüberschreitende Austausch, seit unter den Supermächten Kalter Krieg herrscht, und dieser hat sich nicht nur bei den Moskowitern tief in das kollektive Gedächtnis einer ganzen Generation eingegraben.

Eine Teilnehmerin aus Amerika berichtet später: «Tag und Nacht drängten die Menschen in Nationaltrachten auf die Boulevards, mit Instrumenten, Blumen und Geschenken. Die Russen warfen sich in dieses Festival, als wenn jeder Fremde ein Verwandter wäre, der heimkehrt. Sie versammelten sich um unsere Busse, zwangen sie zu stoppen. Sie stürzten an die Fenster, drückten unsere Hände ganz fest und riefen uns ‹Mir i druschba›, Frieden und Freundschaft, zu.» Ljuba erinnert sich an ähnliche Szenen und weiss auch noch, was die Österreicher den verzückten Gastgebern geantwortet haben: Aus «Mir i druschba» wird «Mir san mir».

Die Fete der Jugend an der Moskwa hinterlässt mitunter bleibende Spuren. Der spätere Literaturnobelpreisträger Gabriel Garcia Marquez urteilt, dass «das Festival ein Spektakel für das sowjetische Volk wurde, welches 40 Jahre lang von der Aussenwelt getrennt war». Der einheimische Dichter Jewgeni Jewtuschenko erinnert sich, wie er mit einem Kuss «kapitalistischer Lippen» gegen die Regeln des Kalten Krieges verstossen habe.

Berauscht von tausend bunten Eindrücken, kehren die Jugendlichen aus der russischen Fremde in ihre Heimatländer zurück. Doch schon im nächsten Jahr zieht es Ljuba erneut in die UdSSR. 1958 besucht sie ihre Schwester Natascha, die inzwischen bei ihrer Tante Nadja in Kiew lebt. Sie reist mit dem Zug. In Budapest steigt ein kleingewachsener, korpulenter Herr zu, mit langem Bart und wenig Kopfhaar. Er trägt eine prachtvolle Uniform, an seiner Brust prangen unzählige Orden. Er gesellt sich zu Ljuba ins Abteil, beginnt mit ihr eine Unterhaltung und lädt sie später in den Speisewagen zum Nachtessen ein. Die beiden plaudern, haben Spass, lachen. Seinen Namen erfährt sie nicht, sie solle ihn «den Mann mit dem verkehrten Kopf» nennen, sagt er, auf seine umgekehrten Verhältnisse von schütterem Haupthaar und üppigem Bartwuchs anspielend. Doch als sie in Kiew ankommen, staunt Ljuba nicht schlecht. Ihr Reisebegleiter wird mit rotem Teppich, einer Musikkapelle und von jubelnden Menschen empfangen. Er dreht sich herum und geleitet sie aus dem Zug, sodass sie mit ihm aus dem Bahnhof schreiten kann.

Wer ihr berühmter Gesellschafter ist, erfährt sie dann von Tante Nadja. Diese ist erstaunt, dass Ljuba den Herrn nicht kennt: Es ist der ukrainische Nationalheld Pjotr Werschigora. Er wird in Kiew und der ganzen Ukraine verehrt, weil er als Oberbefehlshaber einer Partisaneneinheit im Untergrund die verhassten deutschen Besatzer bekämpft hat. Sein 1956 veröffentlichtes Buch «Menschen mit reinem Gewissen» (deutsch unter dem Titel «Im Gespensterwald erschienen») bleibt viele Jahre lang Pflichtliteratur an den ukrainischen Schulen.

Zurück in Wien, holt sie der graue Alltag schnell wieder ein. Der tägliche Überlebenskampf, die Schule, das Tanzen: Alles wird ihr allmählich zu viel. Dem Bundesrealgymnasium kehrt sie den Rücken. Der starre Stundenplan ist neben ihren vielen Jobs einfach nicht einzuhalten. Bereits im Schuljahr 1956/57 hat sich die «Zahl der versäumten Lehrstunden auf 190» summiert, wie die Schuldirektorin im Zeugnis vermerkt. Ihren Plan, die Hochschulreife zu erlangen, gibt sie jedoch nicht auf. Ljuba schreibt sich an der Maturaschule von Dr. E. Roland an der Westbahnstrasse im 7. Bezirk ein – dort kann sie im Fernstudium lernen und die Matura als sogenannte Externistenreifeprüfung ablegen. Sie nimmt in Kauf, dass sie dafür Kursgebühren von monatlich bis zu 160 Schillingen auf den Tisch legen muss. Doch es ist eine gute Adresse. Hier haben grosse Geister die Schulbank gedrückt: etwa Bruno Kreisky, späterer Bundeskanzler, und Oscar Bronner, der Gründer der Tageszeitung *Der Standard,* Niki Lauda oder auch der künftige RTL-Chef Helmut Thoma.

Und dann ist da auch immer noch der Tanz. 1961 bekommt Ljuba die Chance, an der ehrwürdigen Akademie für Musik und darstellende Kunst in Wien vorzutanzen – der Olymp für solche, die Tanz, Musik oder Theater zu ihrer Profession machen wollen. Um diese Zeit gehen auch angehende Schauspielerinnen aus dem Max Reinhardt Seminar hier ein und aus, darunter später bekannte Leinwandgrössen wie Christiane Hörbiger oder Senta Berger.

Im dritten Stock des klassizistischen Gebäudes tanzt Ljuba also vor und eine der beurteilenden Tanzlehrerinnen schaut mit strengem Auge genau hin – es ist die Chefin im Haus für künstlerischen Tanz, Rosalia Chladek. In der Szene ist die gebürtige Tschechin ein grosser Name, die Grande Dame des freien Bewegungstanzes, die die starren Regeln des klassischen Balletts durch freien, modernen Ausdruckstanz ersetzt. Nichts «für affige Püppchen und künftige Charaktertänzerinnen» sei Chladeks Schule, urteilt der Direktor der Akademie Hans Sittner. Ljuba besteht diesen Charaktertest. Mehr noch: Die Chladek findet Gefallen an Tanz und Temperament der jungen Russin, und wohl als Ausdruck dessen hält Ljuba bald eine Bescheinigung der Akademie in den Händen, auf der steht: «Auf Ihr Ansuchen um Ermässigung der Studiengebühren hat Ihnen das Bundesministerium für Unterricht die Befreiung in vollem Ausmasse für das Schuljahr 1961/62 gewährt.» So absolviert Ljuba bei Rosalia Chladek ein umfassendes Tanztraining, vier Stunden vormittags, zwei Stunden nachmittags, und avanciert zur typischen Abgängerin dieses Hauses, über die Akademie-Direktor Hans Sittner nicht ohne Stolz urteilt: «Unsere Absolventen bewähren sich ebenso als künftige Lehrerinnen wie im Theater, in ernsten Gruppen, aber auch in der Revue.»

Ljuba zieht es zu Letzterem und auch in eine neue Wohnung. Im Januar 1962 zieht die inzwischen 21-Jährige an die Fasangasse 19 im 3. Wiener Bezirk. Oft ist sie jedoch auf der anderen Seite der Stadt anzutreffen, in Liesing, dem 23. Bezirk. Dort, auf einer Anhöhe, befinden sich die alten Rosenhügel-Filmstudios, in denen die russischen Besatzer noch Propagandafilme gedreht hatten. Jetzt verkehren hier Kameraleute, Schauspieler, Komödianten und Regisseure wie Franz Antel, der bis vor Kurzem am Rosenhügel noch Heimatfilme für die in der Nachkriegszeit nach heiler Welt dürstende Bevölkerung gedreht hat. In diesem Schmelztiegel von Menschen und Charakteren lernt Ljuba einen ungewöhnlichen Mann kennen. Ein klavierspielender Intellektueller, ein sprachgewaltiger Satiriker, ein grossartiger Kabarettist ist er und er ist auch jüdischer Herkunft. Georg Kreisler ist 1955 aus dem amerikanischen Exil in seine Geburtsstadt Wien zurückgekommen und will an der Donau künstlerisch wieder Fuss fassen. Als er der achtzehn Jahre jüngeren temperamentvollen Ljuba über den Weg läuft, ist das für ihn ein Quell der Inspiration. Er bringt Text und Melodie zu Papier, 1963 nimmt er die Ballade «Ljuba» in seine *Lieder zum Fürchten* auf. Dort heisst es unter anderem:

Im fernen Osten lebt die Anastasia Gruba
Die lernt beim Tanzen einmal kennen einen Mann
Das Kind, das daraus resultierte, war die Ljuba
Und was mit der geschah, na hörn Sie sich das an:

Ohne Schuld kam Ljuba in die Schule
Ohne Schuld stand Ljuba still im Eck
Doch die andern Kinder sahn
Ljuba voll Entsetzen an –
Dann liefen alle schreiend weg.

In der letzten Strophe heisst es:

Ohne Schuld kam Ljuba nach Europa
Ohne Schuld verteilte sie ihr Geld
Worauf ihr am selben Tag
Unser Land zu Füssen lag –
Ohne Schuld regiert sie jetzt die Welt!

Dass auch die schönsten Songtexte mitunter von der Wirklichkeit widerlegt werden, erfährt Ljuba, als sie um diese Zeit einmal im *Café Sacher* Platz nimmt. Dort, wo gewöhnlich die Hautevolee Wiens verkehrt, will sie sich an diesem Tag etwas ganz Besonderes gönnen: ein Stück der berühmten Sachertorte, des mit Marillenmarmelade gefüllten Schokoladenkuchens, der himmlisch auf der Zunge zergeht. Dazu eine Tasse Kaffee, womöglich mit Schlagobers. Geduldig wartet sie an einem Tischchen auf den Ober. Der jedoch rauscht an ihr vorbei, ohne sie eines Blickes zu würdigen. Irgendwann bleibt der Mann stehen, schaut die junge Frau kalt an und meint in schneidendem Ton, das Fräulein werde hier nicht bedient und möge bitte gehen. Köpfe drehen sich um, fremde Menschen starren sie an. Ljuba spürt, wie ihr das Blut in den Kopf schiesst. Endlos scheinende Sekunden vergehen: Sie weiss nicht, wie sie reagieren soll. Plötzlich erhebt sich weiter hinten ein Herr und tritt an ihren Tisch. Die Dame gehöre zu ihm und müsse bedient werden, befiehlt er in Richtung des Obers.

Wieder ist da dieses Gefühl der Ohnmacht. Der Demütigung, die in Wien wie ein Schatten über Ljubas Leben liegt. Aus dieser unerträglich kleinbürgerlichen Enge bleibt für sie nur die Flucht. Um diese Zeit stellt sie sich bei *Foto Sponner* vor die Linse – das Wiener Studio lichtet öfter Tänzerinnen ab. Die Bilder zeigen Ljuba, posierend in Netzstrümpfen, knappem Tanzkleid und mit freiem Blick auf wohlgeformte, lange Beine in hohen schwarzen Hacken. Eine dunkelhaarige Schönheit, die mit laszivem Blick mit der Kamera flirtet, während sie kokett ein Bein anhebt. Neben ihr ein Typ wie Fred Astaire, ein kleingewachsener, älterer Tscheche, der Show, Tanz, Schwank oder Cabaret virtuos beherrscht: Otto Helensky, der einst auch im *Moulin Rouge* in Wien aufgetreten ist. Das, weiss Ljuba, ist ihr Ticket weg von Wien.

Die Chladek-Schülerin Ljuba und der lustige Helensky verbinden sich zum Duo Helensky. Gemeinsam brechen sie auf in die Welt. Auf Kleinkunstbühnen, Galadinners oder Gesellschaftsbällen folgt Ljuba mit freiem Bewegungstanz an der Seite Helenskys den Worten, die Georg Kreisler im Lied über sie einst zu Papier gebracht hat: «Ohne Schuld regiert sie jetzt die Welt!»

Schweizer Kopf

Der Aufstieg: Unternehmerin in Basel

Als Vedette-Tänzerin kommt Ljuba Gruber in die Schweiz, gleichzeitig möchte sie diese Welt hinter sich lassen. Sie besucht Handelsschulen in Basel, lernt, sich in der männerdominierten Wirtschaft zu bewegen, und baut als Teilhaberin eines Comestibles dieses zu einer Engros-Handlung aus. Als Selbstvermarkterin setzt sie den besten Köchen der Stadt den Gockelkamm auf den Kopf. Dann lernt sie bei einer Austern-Platte den Zürcher Hotelier Caspar Manz kennen.

Fasziniert schaut Caspar Manz seinem Gegenüber beim Essen zu: Da sitzt eine junge, attraktive Frau im noblen Pariser Restaurant *Prunier* und schlürft in hohem Tempo eine Auster nach der anderen. Dieses Lokal hat der Zürcher Hotelier mit Absicht für dieses spezielle Tête-à-Tête ausgewählt. Das Restaurant mit den goldglänzenden Art-déco-Verzierungen an schwarzen Granitwänden ist auf Kaviar und Meeresfrüchte spezialisiert. Und das Thema Austern hat die beiden nach Paris geführt: Ljuba hat Caspar Manz eine Woche zuvor in Zürich erklärt, dass sie ihm solche Krustentiere für sein Hotel *St. Gotthard* zehn Prozent günstiger verkaufen könne als sein eigener Lieferant. Er wäre ein schlechter Unternehmer, würde er ein solches Angebot nicht genau prüfen. Und Ljuba hat ja auch nichts unterlassen, um seine Aufmerksamkeit zu erregen.

Sie hat in Zürich wochenlang versucht, ihn ans Telefon zu bekommen. Sogar sonntagmorgens im Pariser *Crillon*, als sie erfahren hat, dass Caspar Manz in diesem Hotel an der Seine weilt. Als Ljuba den Hotelier endlich am Draht hat, habe ihn diese schöne weibliche Stimme, die in geschäftlichem Tonfall schnell und resolut auf ihn eingeredet habe, sofort in den Bann gezogen, erzählt Caspar Manz später einmal. Er beschliesst, sie entgegen seinen geschäftlichen Gepflogenheiten für ein erstes Treffen nicht im Zürcher Office zu empfangen, sondern in seiner *Hummerbar* im *St. Gotthard*, erste Adresse der Stadt für Austern und Hummer. Ein Blind Date. Terminiert auf ein Datum, welches Ljuba nie mehr vergisst. Der Kalender zeigt Freitag, den 13. Juli 1973, 13 Uhr. Sie entdecken eine Gemeinsamkeit: Beide beziehen sie ihre Austern von dem gleichen Lieferanten in Paris. Mit dem kleinen Unterschied, dass Ljuba behauptet, die könne sie zehn Prozent billiger liefern. Eine bemerkenswerte Geschichte: Ljuba, die noch vor nicht allzu langer Zeit als Teil des Duos Helensky tanzenderweise durch die Cabarets Europas gereist war, verkauft nun Austern – seit 1968, fünf Jahre schon, betreibt sie in Basel einen Grosshandel für Fisch- und Meeresfrüchte namens Top Coq. Naheliegend, dass sie den Besitzer der *Hummerbar* als Kunden gewinnen will. Weniger naheliegend, dass sie beim gleichen Lieferanten bessere Konditionen erhält. Daher kommt Caspar Manz auf die bestechende Idee, diese Gespräche um Austern und Lieferanten vor Ort, in Paris, weiterzuführen. Und so gelangt Ljuba ins *Prunier*, wo die Austern besonders schmackhaft sind.

Caspar Manz schaut sie immer wieder verstohlen an. Staunt, wie sie Muschel um Muschel vertilgt. Dazwischen einen Bissen Brot, einen Schluck Champagner zu sich nimmt, um sich dann die nächste zu angeln. Diese Frau scheint einen gesunden Appetit zu haben. Oder ein Flair für Krustentiere.

Oder beides. Noch nie, denkt sich der distinguierte Endvierziger, sah er eine Frau derart lustvoll Austern schlürfen. Aber da ist mehr als das. Caspar Manz, der seit einiger Zeit Witwer ist, hat diese schicksalhafte Begegnung einmal selbst in Worte gefasst: «Ich schaue sie nur an und denke immer wieder: verdammt hübsch und verdammt gescheit. Caspar, Caspar, denke ich, du bist verloren und gleichzeitig gerettet: Da ist wieder ein Mensch, ein sehr weiblicher, der in dir Gefühle weckt, die du längst verschüttet geglaubt hast. Ich bekomme kein Wort raus, kann sie nur immer wieder anschauen. Sie lässt aber nicht ab, ihre Ware anzupreisen. Ich fühle, wie enttäuscht sie ist, dass ich keine Anstalten mache zu kaufen. Wenn sie wüsste, was sich in mir abspielt. Mein Herz glüht, mein Kopf brennt ...» Als sie den Raum kurz verlässt, um sich auf der Toilette zu erfrischen, ordert er, ganz Gentleman, eine neue Platte der kostbaren Fruit de Mer. Wenn Caspar Manz wüsste, dass sie zwar Austern verkauft, aber selbst noch nie welche gegessen hat! Sie muss sich überwinden, die ungewohnte Kost mit Stil zu verspeisen.

Caspar Manz ist ein grossgewachsener, leicht ergrauter Herr mittleren Alters, ein Gentleman vom Scheitel bis zur Sohle, wie sie auf Anhieb erkennt. Sie studiert interessiert dieses sympathische, ausdrucksstarke Gesicht. Lässt unauffällig den Blick über seine Kleidung schweifen. Und spürt: Dieser Mann ist einsam, wirkt etwas verloren.

Während Ljuba ihren Gedanken nachhängt, dringen seine Worte an ihr Ohr. Sie solle zugreifen, meint er einladend, während ein Lächeln seine Lippen umspielt. Der Ober hat tatsächlich wieder Austern gebracht. Ebenfalls lächelnd nimmt sie die nächste Muschel, schlürft sie hinunter und spült mit Champagner nach. Ebenso die zweite und die dritte. Sie will ja schliesslich die *Hummerbar* beliefern. Da darf eine Geschäftsfrau, wie sie eine ist, nicht zimperlich sein. Caspar Manz denkt sich wohl: Wer derartige Mengen an Krustentieren zu vertilgen imstande ist, liebt Austern und wird auch als Lieferantin Einsatz und Sinn für Qualität zeigen. Und bei ihr wird an diesem Tag der Grundstein für die Liebe zu dieser Delikatesse gelegt. Ljuba und der siebzehn Jahre ältere Caspar Manz kommen geschäftlich zusammen. Und beide spüren: Aus dieser Verbindung könnte etwas Persönliches erwachsen.

Zehn Jahre zuvor ist noch ein ganz anderer Mann an ihrer Seite. Otto Helensky, der ihrem tanzenden Duo seinen Namen gibt. Und ihre Bühnen sind nicht die Zürcher *Hummerbar* oder das Pariser *Prunier* mit ihren Austernplatten, sondern meist bekannte Cabarets in den Zentren der Grossstädte Europas. Als *Duo Helensky* gastieren sie und Otto in Konzerthäusern, unterhalten Gäste an Galadinners, auch amerikanische Besatzungssoldaten in Offizierscasinos. Von denen existieren im Nachkriegsdeutschland jede Menge, und amerikanische Männer in Uniform zahlen gut für die Show. Auch weiss das ungleiche Duo, wie GIs in gute Laune zu versetzen sind: hier der Universalkünstler Otto, der als ehemaliger Clown das Zirkusrepertoire beherrscht und Grimassen ziehen kann wie kein Zweiter, dort die schöne Ljuba, die tanzt und singt. Wenn Otto vom Tonband Musik abspielt, interpretiert Ljuba ungarische Tänze von Brahms oder Balladen von Marlene Dietrich – ganz so, wie sie es bei Rosalia Chladek, der Grande Dame des freien Bewegungstanzes an der Wiener Akademie der darstellenden Künste, gelernt hat.

Ein Zuhause gibt es nun nicht mehr. Heute München, morgen Stuttgart, übermorgen Frankfurt – tanzen und singen am Abend, zusammenpacken und oft genug noch in derselben Nacht zum nächsten Auftritt aufbrechen. Wenn es sein muss, geht das fast ohne Schlaf. Übernachtet wird am Wegrand in irgendeinem billigen Hotel. Ist das das Dasein, das der grosse Kabarettist und Freund Georg Kreisler einst für sie besungen hat? «Ohne Schuld regiert sie jetzt die Welt.» Ljuba ist einsam. Ihre Eltern, die kleine Schwester sind weit weg in Russland. Oft liegt sie nachts im Bett, starrt an die Decke, grübelt. Wartet da draussen nicht mehr auf sie?

Eines Tages erhält sie eine Anfrage aus Genf. Ob sie nicht als Vedette in der Revue des Nachtclubs *Bataclan* auftreten wolle. Ein verlockendes Angebot. Die Vedette ist der Star der Show, die Frontfrau, auf der die Augen des Publikums ruhen, und der Job ist erst noch recht gut bezahlt. Sie nimmt an und verlässt das Duo Helensky. Fortan heisst es, jeden Nachmittag, jeden Abend zu lächeln, sich im paillettenbesetzten Kostüm im Scheinwerferlicht strahlend vor dem Publikum zu präsentieren. Nach den Auftritten jedoch, wenn die Schminke weggewischt ist, sitzt da eine blasse junge Frau, die müde und ausgelaugt in einer tristen Unterkunft nächtigt.

Ljuba versucht den Ausbruch. Geht als Vedette auf Wanderschaft, wird Teil einer Cabaretszene, die von Engagement zu Engagement reist. Es ist, wieder einmal, ein rastloses Künstlerdasein. Eines auch, das seine dunklen Seiten hat: Sie sieht, wie manch eines der Mädchen versucht, dieser Tristesse zu entkommen. Sich unsterblich in einen betuchten Verehrer verliebt und dann enttäuscht wird, weil der Märchenprinz sich doch als gewöhnlicher Mann entpuppt, wenn es mit der Liaison ernst werden könnte. Trost bringt mitunter der Alkohol. Das Scheinwerferlicht der Cabarets, das Vedetten und Tänzerinnen beleuchtet, ist trügerisch.

Auch Ljuba ist mutterseelenalleine. Und sie trägt die tropische Malaria in sich, die sie in der frühen Kindheit in Usbekistan eingefangen hatte. Diese bricht schubweise immer wieder aus und geht mit hohem Fieber einher. Einmal, sie ist gerade in Brüssel engagiert, liegt sie dort in einem Appartement und ist so schwach, dass sie nicht aufstehen kann. Nichts zu essen, kein Wasser, schlotternd liegt sie im Bett, von Fieberkrämpfen geschüttelt. Nicht einmal ein Telefon ist griffbereit, mit dem sie sich Hilfe holen könnte. Allerdings: Wen hätte sie auch anrufen sollen? Sie kennt niemanden hier. Da gehen Gedanken durch den Kopf. Etwa dieser: Würde sie in diesem Zimmer sterben – kein Mensch würde es merken. In ihrer Not besinnt sie sich auf ihre Religiosität. Mit Gott, erzählt Ljuba Jahrzehnte später, habe sie damals einen Deal gemacht. Überlebt sie in der belgischen Fremde, gelobt sie, ihren Glauben ein Leben lang zu pflegen.

Sie überlebt. Die Show geht weiter. Ljuba tritt überall auf, wo es Engagements gibt. Im Cabaret *Tabaris* in Lausanne. Im *Café Singer* in Basel und in Zürich im *Terrasse*. Die Vedette legt sich einen wohlklingenden Künstlernamen zu: Ljuba Karenina. Pate steht Anna Karenina, die Frau aus dem russischen Adel des 19. Jahrhunderts und Hauptfigur aus dem gleichnamigen Roman von Leo Tolstoi. Dort geht es um die ewigen Themen: Liebe und Tod. Moral und Wahnsinn. So dient der Name der Karenina auch Ljuba für den grossen Auftritt. In der *Neuen Zürcher Zeitung* erscheinen um diese Zeit kleine Anzeigen mit dem Konterfei einer schwarzhaarigen Schönheit mit dick umrandeten Mandelaugen, die verträumt den Blick ins Weite schweifen lässt – Ljuba Karenina, die im Zürcher Varieté *Terrasse* auftritt. Ihre eigenen Promobilder zeigen sie in vollendeter Haltung beim *Tanz des Apollo*. Auch als Ljuba Karenina vergisst sie nie, dass ihre Familie in Russland ein karges Dasein führt. Wo auch immer sie auftritt, schickt sie danach einen Teil der Gage in die alte Heimat.

Im Basler *Singerhaus*, einem Kaffeehaus mit Tanzfläche, das zum Thé dansant, zum Nachmittagstee mit Tanz, einlädt, lernt Ljuba einen Stammgast kennen – wieder ein Mann, der ihr Leben in eine neue Richtung zwingt. Sie sei intelligent, meint der wohlmeinende Herr, sie solle doch lieber einen richtigen Beruf erlernen, als ewig das Tanzbein zu schwingen. Zum Beispiel eine Ausbildung an der Basler Handelsschule machen. Dort könne man nämlich einen einjährigen Direktionssekretärinnenkurs absolvieren. Das sei eine gute Sache und ausserdem kenne er den Direktor. Die Neue Sprach- und Handelsschule Basel wird von den Töchtern aus den besseren Basler Kreisen besucht. Sie lernen dort unter anderem Sprachen, Stenografie oder Betriebswirtschaftslehre mit dem Ziel, später in der chemischen Industrie Arbeit oder vielleicht auch nur einen gesellschaftlich adäquaten Mann zu finden. Ljuba jedoch ist nicht auf der Suche nach einem Mann, der sie aushält, sondern nach einem Ausstieg aus dem unsteten Tänzerinnendasein.

Im Frühjahr 1967 trägt sich Ljuba Gruber an der Neuen Sprach- und Handelsschule am Barfüsserplatz in Basel für einen Direktionssekretärinnenkurs ein. Aufgeregt ist sie am ersten Schultag, zur Feier des Tages hat sie sich ein schickes Hütchen aufgesetzt. Als sie etwas verspätet das Klassenzimmer betritt, scannen zwanzig Paar Mädchenaugen die elegant gekleidete Frau und wohl auch der einzige Mann in der Runde. Ljuba ist etwas älter als ihre Klassenkameradinnen und das hat, wie sich bald herausstellt, für alle Beteiligten Vorteile. Sie verfügt bereits über eine eigene Wohnung, während die Küken um sie herum allesamt noch bei Muttern hausen. So wird Ljubas Wohnung an der Basler Tessinstrasse für den Jahrgang 1967/68 der Handelsschule gelegentlich zum Treffpunkt für unbeschwerte Zusammenkünfte.

Im Alltag aber ist sie häufig allein. Die Eltern ihrer Mitschülerinnen wittern in der Tänzerin einen unpassenden Umgang für ihre Töchter und versuchen allzu innigen Kontakt zu unterbinden. Wenn die Sehnsucht nach ihrer Familie sie übermannt, versucht sie, diese in der UdSSR anzurufen. Das braucht einige Organisation. Zunächst muss sie einen Anruf beantragen, der genehmigt werden muss, anschliessend erhält die Familie in Russland eine Aufforderung, ins Telefonamt zu kommen, wo sie genau drei Minuten miteinander sprechen können. Abends sitzt sie bis tief in die Nacht über den Schularbeiten. Sie ist ehrgeizig, lernt, will gut sein. Intuitiv spürt sie, dass dies die Chance ist, endlich aus dem Künstlerinnendasein auszusteigen.

Ende März 1968 hält Ljuba Gruber ihr Abschlusszeugnis der Handelsschule in den Händen. Es zeigt, wo ihre Talente liegen. Handelsrecht, Geschäftskunde, Betriebswirtschaftslehre, kaufmännisches Rechnen: alles gut bis sehr gut. Deutsche Stenografie und Maschinenschreiben: nur knapp genügend. Da helfen aber auch wohlmeinende Klassenkameradinnen, die bei Prüfungen schon einmal den Stenoblock für Ljubas Augen sichtbar halten. Eine von ihnen ist Anita Güdemann, die Klassenbeste.

Die Ausbildung trägt schnell Früchte. Fünf Wochen später fischt Ljuba Gruber das Schreiben der Basler Firma Geflügel + Wild-Import aus ihrem Briefkasten, in dem es heisst: «Sie haben den Wunsch geäussert, dass Sie gerne einen Arbeitsvertrag mit uns hätten. Wir erlauben uns, Ihnen nachstehend die getroffenen Vereinbarungen wie folgt zu bestätigen: Ab 1. Mai 1968 übernehmen Sie die Leitung der Engros-Abteilung der Top Coq Basel. Sie verpflichten sich, diese Abteilung aufzubauen und nach besten Kräften und Wissen zum Erfolg zu bringen. Als Spezialgeschäft für Geflügel, Wild, Fische, Tiefkühlprodukte und Konserven führt die Top Coq vorwiegend die Artikel der Geflügel + Wild-Import, Basel, und was Fische betrifft, diejenigen der Firma A. Stadel, Basel. Käufe, die nicht von diesen Firmen getätigt werden, bedürfen der Zustimmung des Verwaltungsrates. Der Anfangslohn beträgt Fr. 2000.– p. Mt.» Obwohl sie als Tänzerin ein Vielfaches verdient hat, unterschreibt sie.

Top Coq ist eine Firma mit Geschichte. Seit geraumer Zeit existiert an der Gerbergasse 57 ein kleiner Geflügelhandel, den ein Italiener namens Puricelli einst an guter Passantenlage in der Basler Altstadt eröffnet hat – in einem windschiefen Haus aus dem Jahre 1291, mit Büroräumlichkeiten im ersten Stock. Als der Gründer stirbt, führen die als Schwestern Puricelli stadtbekannten Frauen den Laden weiter, und weil es keine Nachfahren gibt, verkaufen sie das Etablissement im Jahr 1966 an die Geflügel + Wild-Import, die ihrerseits zum Detaillisten Coop gehört: die Geburt der Top Coq. Die Geschäfte des Comestibles laufen allerdings harzig. Die Erweiterung des Angebots in Richtung Fisch und Meeresgetier kommt in einer Zeit, in der der jährliche Pro-Kopf-Verbrauch an Fisch in der Schweiz bei mickrigen 2,4 Kilogramm liegt, nicht richtig in die Gänge, und in den Büchern klafft schon nach einem Jahr ein Loch von rund hunderttausend Franken. Das ist die Chance der nun zur Direktionssekretärin ausgebildeten Ljuba Gruber, und die Männer in der Teppichetage der neuen Besitzer sind vielleicht froh, dass mit «Fräulein Gruber» nun, rund zwei Jahre nach dem Kauf, eine unverbrauchte, tatkräftige Person mit dem Drang nach oben die Leitung übernimmt.

Zunächst jedoch kämpft Ljuba mit dem Alltag einer Fischverkäuferin. Da geht es etwa um die praktische Frage: Wie kommt ein Fisch, der noch munter im Aquarium seine Runden dreht, ausgenommen und schön verpackt in die Einkaufstasche einer Kundin? Vor allem dann, wenn die neue Herrin im Laden keine blasse Ahnung davon hat, wie die Innereien der Kiementiere von dem feinen Fischfleisch zu trennen sind. Als eine schicke Dame aus dem Basler «Daig» im Laden steht und nach frischen Fischen verlangt, reagiert Ljuba mit der Schlauheit der Verzweiflung, sich ja keine Blösse zu geben. «Madame», säuselt sie, «so ein Fisch kostet zwanzig Franken! Dort im Tiefkühler habe ich ein bereits filetiertes Angebot. Ein Dreierpack ist für nur fünfzehn Franken zu haben.» Die Dame zeigt sich empfänglich für Sparsamkeit.

Dieses Schlüsselerlebnis lehrt die frischgebackene Geschäftsfrau dreierlei. Erstens: Filetieren wird nie ihr Ding werden. Dafür stellt sie fachkundiges Personal ein. Zweitens: Auch die wohlhabende Kundschaft zeigt sich mitunter knausrig. Daraus folgt drittens: Der Laden mit Stamm- und Laufkundschaft wird nie zum grossen Geschäft. Will sie wirklich Geld verdienen, muss sie im Grosshandel eine bedeutende Position erkämpfen, und dafür muss sie sich mit den Basler Platzhirschen anlegen. Mit E. Comestibles Christen etwa, eine Familienfirma mit grosser Tradition, die schon um die Jahrhundertwende den deutschen Kaiser Wilhelm II. auf einer Reise nach Jerusalem mit Fischen, Wild, Geflügel und Tafelfrüchten verköstigt hat. Wer solchen Wettbewerbern ans Leder will, muss wendig sein und sollte im Erfolgsfall auch mehr bekommen dürfen als nur ein warmes Dankeschön zum Jahresende. Das hat sich wohl auch Ljuba gedacht. Für sie heisst das: Für Ersteres braucht sie die Prokura, für Letzteres will sie zehn Prozent des Aktienkapitals der Top Coq. Die Herren in der Teppichetage sind leicht konsterniert, als sie sich mit solchen Begehrlichkeiten konfrontiert sehen – noch dazu von einer

Frau. Aber was sollen sie tun? Das Geschäft liegt am Boden. Weiter hinab geht es kaum. So kommt Ljuba zu ihrer Einzelunterschrift, und für eine 10-Prozent-Beteiligung kratzt sie auch den letzten Franken ihrer Ersparnisse zusammen. Und dann fällt sie noch einen wichtigen Personalentscheid: Sie holt Anita Güdemann in die Firma, die Klassenbeste aus ihrer Zeit in der Handelsschule, die auch dort starke Noten geholt hat, wo Ljuba Flair und Interesse abgehen.

Ljuba ist Unternehmerin geworden. Nun tut sie alles für den Geschäftserfolg, etwa Türklinken putzen. Sie klappert die Grossabnehmer ab – Kantinen, Restaurants, Hotels. Schreibt alle Küchenchefs persönlich an. Einer der Ersten, der auf die Top Coq als Lieferant setzt, ist Otto Baeriswyl. Der Wirt des Restaurants *Gundeldinger Casino* am Basler Tellplatz ist ein Menschenfänger, in dessen Wirtsstube sich die Gäste wie zu Hause fühlen. Ljuba und Baeriswyl verstehen sich auf Anhieb. Eine glückliche Fügung für die Geschäftsfrau: Otto Baeriswyl ist unter den Basler Köchen sehr beliebt. «Kauft bei Ljuba», empfiehlt er jedem, und manch einer aus seiner Zunft befolgt den Ratschlag. Manlio Donati zum Beispiel. Der Gründer des italienischen Speiserestaurants *Chez Donati* ist ein Gentleman alter Schule. Von dem lässt sich lernen, denkt sich Ljuba, und sie fragt schüchtern, aber mit Charme, ob er ihr nicht alles über Fische und Meerestiere beibringen könne. Welcher Mann von Welt könnte einer schönen, jungen Frau einen solchen Wunsch abschlagen? So taucht Manlio Donati nun öfter an der Gerbergasse auf, um Ljuba aus erster Hand in die kulinarischen Geheimnisse der Meerestiere einzuweihen. Möglicherweise ist es aber nicht nur berufliches Sendungsbewusstsein, das den stadtbekannten Restaurateur in die Büros der Top Coq treibt, sondern auch die Hoffnung, einen klammheimlichen Blick auf Ljubas Beine zu erhaschen, die unter dem Schreibtisch hervorlugen.

Die Jungunternehmerin lernt in Siebenmeilenstiefeln – ein Jahr nach ihrer Einstellung ist der Umsatz der Top Coq um sagenhafte 351 Prozent in die Höhe geschnellt und liegt bei 1,6 Millionen Franken. Auch, weil Ljuba ihr Engros-Geschäft geschickt vertreibt. Statt sich teure Lager zu leisten, sitzt sie in ihrem Büro oberhalb des Ladens. Vor sich zwei Telefone. Am einen Ohrhörer feilscht sie mit ihren eigenen Lieferanten um Preise. An dem des anderen Gerätes verhandelt sie mit den Kunden– sie kauft nur, was sie praktisch zeitgleich bereits wieder verkauft hat. Dazwischen definiert sie blitzschnell ihre Marge: Nicht umsonst hat sie an der Handelsschule Kaufmännisches Rechnen mit der Note 5,5 abgeschlossen. Schnell hat Ljuba Gruber in der Branche ihren Übernamen: Top Coquette.

Was manche der Kunden auf ihre eigene Art interpretieren. Etwa der stadtbekannte und hochgelobte Küchenchef Lüdin im Fünfsternehaus *Hotel Euler*. Dieses berühmte Luxushotel möchte Ljuba natürlich gern in ihr Lieferantenportfolio aufnehmen, und sie geht persönlich bei Lüdin vorbei. Der komplimentiert sie ins hauseigene Carnotzet, ein Weinstübchen im Keller, entkorkt eine Flasche Champagner, lässt Foie gras und Kaviar auffahren und während der Konversation durchblicken, dass man unter «gewissen» Umständen schon ins Geschäft kommen könne. Sie lehnt dankend ab – und steht nach kurzer Zeit wutbebend draussen auf der Terrasse. «Herrgott», denkt sie und ballt die Fäuste gen Himmel: «Hilf mir: Wenn ich je das Geld habe, will ich dieses Hotel kaufen!»

Beim Fünfsternehaus *Les Trois Rois* schafft sie es nicht einmal, bis zum Küchenchef vorzudringen – wundert sich aber, dass dort der Buchhalter über die Lieferanten von Austern und Fisch bestimmt. Als sie dem Zahlenmenschen eines Tages einen Besuch abstattet, schlägt der ihr tatsächlich vor, sie solle mit gepacktem Koffer am nächsten Morgen am Flughafen stehen und dort auf ihn warten. Worum es ginge, könne er ihr nicht sagen. Sie lehnt dankend ab und erfährt aus der Zeitung, was seine Absichten waren: Der Buchhalter ist auf und davon – mit hunderttausend Franken aus der Kasse des *Les Trois Rois*. Und Ljuba hätte wohl ohne ihr Wissen Patin bei diesem Coup werden sollen.

Ein Erlebnis der besonderen Art verbindet Ljuba auch mit dem Chef des Konkurrenten E. Comestibles Christen. Diesem bietet sie nämlich ein Geschäft an, vom dem sie annimmt, dass er hocherfreut zusagen wird, weil der Deal beiden Kontrahenten nur Nutzen bringt. Sie wisse, meint Ljuba zum Christen-Boss, dass er mit 25 Prozent Marge kalkuliere. Wie wäre es denn, wenn er ihrer Top Coq 10 Prozent davon überlassen würde – ihm blieben dann immer noch stattliche 15 Prozent und sie, Ljuba, würde ihm im Gegenzug eine Kundschaft zuschieben, an die er von allein keinen Zugang hätte. Ein selbstbewusster Vorschlag, zweifellos, ohne falsche Scham vor grossen Namen. Für den Chef des grossen E. Comestibles Christen ist das zu viel. Von oben herab mustert er Ljuba Gruber und meint dann, ob sie eigentlich eine Ahnung habe, wer vor ihr stünde.

Doch Hochmut kommt vor dem Fall, schon kurz darauf, im Jahr 1969, sind die E. Comestibles Christen pleite und deren Chef ohne Arbeit. In dieser misslichen Lage bekommt er es einige Monate später erneut mit Ljuba zu tun. Im maschinengeschriebenen Geschäftsbericht der Top Coq zum Jahr 1971 heisst es unter «Personelles», dass der Personalbestand der Firma inzwischen auf fünfzehn angewachsen sei. Einer der Neueinstellungen: der ehemalige Chef von Christen. Auch sonst gibt es allerlei Erfreuliches zu berichten: Bei der Frigo

St. Johann an der Neudorfstrasse kann sich Top Coq mit acht Büros einmieten, man leistet sich in diesem Zusammenhang für 9050 Franken neue Büroeinrichtungsgegenstände, macht eine Anzahlung über 6000 Franken für eine neue Telefoninstallation und investiert gar 44 000 Franken in Fahrzeuge – all das ist fein säuberlich aufgelistet unter dem Punkt «Anschaffungen». Die Aktionäre erleben eine Firma im Aufschwung: Seit Ljuba 1968 die Geschäftsführung der Top Coq übernommen und die Engros-Abteilung aufgebaut hat, ist der Umsatz von einer knappen halben Million auf über 3,7 Millionen Franken in die Höhe geschnellt. Die Firma hat sich zu einer Adresse für frische Fische und Krustentiere entwickelt, die Kunden in der ganzen Deutschschweiz wie auch im Welschland beliefert. Inzwischen gehören sogar der Grossverteiler Migros zu Ljubas Kunden und auch der Mövenpick-Gründer Ueli Prager. Nicht nur das: Nachdem der «Hendl-König» Friedrich Jahn im Zürcher Seefeld, im heutigen *Frascati,* ein *Wienerwald-Restaurant* eröffnet hat, erhält Ljuba einen Anruf. Am Draht ist Friedrich Jahn persönlich. Er will wissen: «Wie viele Tonnen Hendl kann Top Coq liefern?» Die Antwort: so viel er brauche. Beste Ware aus Ungarn. Auch diesen Auftrag angelt Ljuba.

Den Durchbruch als Unternehmerin hat Ljuba nun geschafft. Dennoch vergisst sie nie, woher sie kommt. Oft wandern ihre Gedanken nach Russland. Zu ihren Eltern. Zu Natascha, der kleinen Schwester, die sie mit aufgezogen hat. Nun kann sie die Ihren mit regelmässigen Überweisungen unterstützen. Sie fühlt sich verantwortlich dafür, dass die Schwester eine gute schulische Ausbildung erhält. Irgendwie spürt Ljuba aber auch, dass das nicht genügt. Die zwanzigjährige Natascha ist aus anderem Holz als sie selbst. Weniger robust, weniger durchsetzungsfähig. Sie hätte eine bessere Zukunft verdient, als in diesen Zeiten in Russland möglich ist. Ljuba schmiedet einen Plan. Einen gefährlichen Plan. Sie will Natascha zu sich in die Schweiz holen, und so fliegt sie nach Russland.

Nach einem Familientreffen in Moskau stehen die beiden Schwestern also am Flughafen. Ihre Ähnlichkeit im Gesicht ist augenscheinlich. Da drückt Ljuba Natascha plötzlich Papiere, Ausreisevisum und Flugticket in die Hand. Flüstert ihr zu: «Geh du!» Sie selbst komme schon zurecht. Natascha zögert. Es ist ein heisses Unterfangen. Fliegt die Sache auf, droht den Schuldigen Arbeitslager in Sibirien. Doch Ljuba drängt. Bläut der Schwester ein: Wenn etwas schiefgehen sollte, müsse sie zu ihrem Auto rennen. Natascha lässt sich schliesslich überreden. Besteigt die Tupolew der Aeroflot. Die Propeller starten. Die Maschine rollt. Ljuba atmet erleichtert auf. Dann, unvermittelt ein Bremsmanöver, das Flugzeug stoppt. Eine Rolltreppe wird ausgefahren. Zwei Männer besteigen die Maschine. Kurz darauf sind die beiden wieder an der Türe zu sehen. Mit Natascha. Ljuba erstarrt. Sie rennt zum geparkten Auto.

Glück im Unglück: Auch Natascha schafft es, bis zum Auto zu rennen, dessen Motor bereits läuft. Mit quietschenden Reifen brausen die beiden Frauen davon. Was folgt, ist eine wilde Verfolgungsjagd durch Moskau: Die beiden Typen sind ihnen auf den Fersen. Szenen wie in einem James-Bond-Film. Mit knapper Not erreichen sie die österreichische Botschaft. Für Ljuba, die einen österreichischen Pass besitzt, ein sicherer Hafen. Und die österreichischen Diplomaten verhandeln mit den russischen Behörden derart geschickt, dass diese die junge Natascha ohne Bestrafung davonkommen lassen. Was sie aber erhält, ist ein Ausreiseverbot. Ljuba hingegen darf zwar ausreisen, erhält aber ein Einreiseverbot aufgebrummt. Erst sehr viel später, als Russland die Grenzen öffnet, wird

diese Trennung überwunden, und Ljuba kann ihre Schwester in ihrer neuen Schweizer Heimat in die Arme schliessen.
Ljuba hat gerade ein paar Top-Coq-Monate hinter sich, als sie sich zwischen Weihnachten und Neujahr 1968/69 zur Erholung drei Tage im mondänen Belle-Epoque-Nobelhotel *Suvretta House* in St. Moritz gönnt. Es wird ein Ausflug mit Folgen. Als sie in diesen Tagen einmal die Hotelhalle betritt, dringt Russisch an ihr Ohr. Russisch! Wie lange schon hat sie ihre geliebte Muttersprache nicht mehr gehört. Hat sich aus Sehnsucht nach diesem Klang mitunter selbst Texte von Dostojewskij laut vorgelesen. Und jetzt konversiert hier im *Suvretta* doch tatsächlich ein älteres Paar in ihrer Sprache. Ljuba spricht die Gäste an. Auf Russisch natürlich. Und diese bitten Ljuba an ihren Tisch.

Sie kommen ins Gespräch. Unterhalten sich über dies und das. Die Gutmans sind russische Juden aus Basel und sind ein paar Jahr zuvor von München in die Schweiz gezogen. Sie hätten eine Schwiegertochter namens Paula, die Ljuba unbedingt kennen lernen müsse. Paula und Ljuba werden tatsächlich Freundinnen fürs Leben, und so bleibt Letztere auch im Kontakt mit den Gutmans.

Es wird eine derart enge Freundschaft, dass Ljuba im Sommer des Jahres 1970 zur Hochzeit von Paulas Schwager Georg Gutmans eingeladen wird. Er heiratet standesgemäss. Auf der Insel. Eine Engländerin, Tochter aus gutem Hause. Der Vater besitzt eine Warenhauskette. Das rauschende Fest steigt in Leeds in der nordenglischen Grafschaft Yorkshire. Bestens gelaunt und etwas aufgeregt, steigt Ljuba mit Paula und einer weiteren Freundin am Tag vor dem Fest in ein Flugzeug Richtung England. Abends trifft sich dann eine Clique junger Leute in einer Diskothek – es wird vorgefeiert. Ein junger Mann mit schwarzen Locken fällt Ljuba sofort auf. Intelligent, humorvoll und schlagfertig ist er. Aus München kommt der Mathematikstudent, Paul Lurje, Paulas Cousin.

Die Hochzeit am nächsten Tag ist ein Traum. Ein riesiges Zelt wird aufgebaut und üppig dekoriert: Bunte Stoffbahnen fallen von der Decke, überall Blumen und Kerzen. Ljuba und Paul Lurje inspizieren klammheimlich die Tischordnung, realisieren, dass sie nicht nebeneinandersitzen, und stellen in einem unbeobachteten Moment blitzschnell die Tischkärtchen um. Sie flirten, lachen und reden. So erfährt Ljuba, dass der sechs Jahre jüngere Paul Assistent ist an der technischen Universität in München, gerade seine Doktorarbeit in Mathematik verfasst und von einer akademischen Karriere träumt. *Über Topologische Vektor-Gruppen* lautet sein kompliziert klingendes Thema zur «Erlangung der Doktorwürde der Fakultät für Mathematik der Ludwig-Maximilians-Universität München», die Paul Lurje knapp zwei Jahre auch erhält. Ein knapp fünfzigseitiges Werk wird das, vollgespickt mit mathematischen Formeln, die nur von Experten zu verstehen sind. Ljuba erfährt an diesem Abend aber auch, dass Paul Lurje 1946 im polnischen Lodz geboren ist, die Primarschule in Tel Aviv, Israel, besucht hat und 1950 mit seinen Eltern nach Deutschland ausgewandert ist. Zweifellos ein interessanter Mann mit einer spannenden Biografie. Und Paul Lurje ist verzaubert von der charmanten, lebenslustigen Frau, neben der er sitzen darf. Als die Hochzeitsgesellschaft wieder nach Hause fliegt, empfinden Ljuba und Paul jedenfalls mehr füreinander als nur Sympathie. Pauls Vater war Russe, die Mutter Polin, und beide waren im KZ. Sie haben eine tiefe biografische Gemeinsamkeit: Ljuba wie Paul sind Kinder von Naziopfern. Vertriebene aus der Heimat.

Als Ljuba mit Schmetterlingen im Bauch nach Basel zurückkehrt, hat sie der Alltag schnell wieder im Griff. Mehr noch: Sie erfährt von einer üblen Intrige, die innerhalb der eigenen Firma gegen sie gesponnen wird. Im Zentrum ihre geschätzte Mitarbeiterin, Anita Güdemann, der Klassenprimus aus der Handelsschule, und ein weiterer wichtiger Mitarbeiter, den sie seinerzeit eingestellt hatte, weil der Fische filetieren kann wie kaum ein Zweiter. Die beiden begeben sich auf trübes politisches Gelände. Seit Monaten weibelt der Schweizer Rechtspopulist James Schwarzenbach für die nach ihm benannte Schwarzenbach-Initiative – der ehemalige Frontist will die ausländische Bevölkerung in Schweizer Kantonen auf zehn Prozent begrenzen. Hat seine Initiative Erfolg, ist damit zu rechnen, dass rund 300 000 Ausländerinnen und Ausländer ausgewiesen werden müssten – mit einiger Sicherheit auch Ljuba Gruber, die noch keine zehn Jahre in der Schweiz sesshaft ist. An diesem Punkt hakt der perfide Plan der Top-Coq-Mitarbeiter ein. Hinter dem Rücken der Chefin antichambrieren die beiden bei der Mehrheitsbesitzerin Coop, legen Pläne und Überlegungen vor, wie sie die Firma gemeinsam weiterführen würden, sollte das noch ausschliesslich männliche Schweizer Stimmvolk die Schwarzenbach-Initiative annehmen. Am 6. Juni 1970 machen die Wähler diesem illoyalen Ansinnen einen Strich durch die Rechnung, 56 Prozent der Urnengänger verwerfen die Initiative. Als Ljuba von dem heimlichen Tun ihrer Mitarbeiter erfährt, ersucht sie diese, die Firma zu verlassen.

Privat aber hängt der Himmel voller Geigen. Paul Lurje besucht seine Herzallerliebste jedes Wochenende in Basel. Er und Ljuba sind ein Paar geworden. Allerdings ohne den Segen seiner Eltern, die nichts von der Liaison ihres hoffnungsvollen Sprösslings mit einer früheren Tänzerin wissen. Er ahnt, dass sie darüber kaum begeistert sein würden. Dass Ljuba diese Vergangenheit längst abgestreift und sich zur erfolgreichen

Unternehmerin weiterentwickelt hat, würde daran nichts ändern. Doch als Ljuba einmal zusammen mit Pauls Cousine Paula nach München fährt, kommt es völlig unerwartet zu einer Situation, die für Ljuba leicht hätte peinlich werden können. Pauls Onkel schlägt vor, einem guten Freund namens Pfeffer in der *Bar Italia* einen Besuch abzustatten. Aus heiterem Himmel holt Ljuba jetzt ihre Geschichte wieder ein.

Jahre zuvor, als sie noch in Wien gelebt hat, ist es nämlich genau dieser Pfeffer gewesen, der sie als Cabaret-Tänzerin in seiner *Bar Italia* in München engagiert hat. Blutjung, wie sie war, hat sie den Vertrag unterschrieben und Wien hinter dem Rücken der Eltern Richtung Bayern-Metropole verlassen. Die Mutter Lydia jedoch hat Lunte gerochen und herausgefunden, wo sich die Tochter aufhält. Sie hat sich sofort in den Zug gesetzt und ist Ljuba nachgereist. Unvergesslich die Szene, die sich dann an der Isar abgespielt hat: Lydia Gruber, eine Dame um die vierzig, taucht also in der *Bar Italia* auf. Als sie vor Pfeffer steht, fleht sie ihn mit viel Sinn für Dramatik an, die Tochter vom Vertrag zu entbinden. Und Pfeffer, der ja ein empathischer Mann ist, sieht das blutende Mutterherz. Er hat ein Einsehen. Für Ljuba bedeutet dies, dass sie zusammen mit Lydia von der Isar wieder gen Donau aufzubrechen hat. Und nun, Jahrzehnte später, steht sie als Freundin der Familie Lurje wieder vor diesem Pfeffer. Dass seine Freunde von ihrer Tanzvergangenheit keine Ahnung haben, realisiert er sofort. Und Pfeffer reagiert ganz gentlemanlike: Die Begrüssung ist warmherzig, über das Gewesene verliert er kein Wort.

Ein Outing ist also glücklicherweise ausgeblieben. Die Liaison amoureuse zwischen Ljuba und Paul lässt sich auf Dauer jedoch nicht vor der Familie Lurje verheimlichen. Für Pauls Mutter bricht eine Welt zusammen. Sie hat sich für ihren Sohn so sehr eine universitäre Karriere gewünscht und von akademischen Weihen geträumt. Durch diese Beziehung wähnt sie all das in Gefahr. Ljuba ist Unternehmerin in Basel, ihr knapp sechs Jahre jüngerer Paul Doktorand in München. Für die Mutter ist klar, wer sich in dieser Verbindung an die herrschenden Verhältnisse anzupassen hat und dagegen läuft sie Sturm. Aber vergebens. Die Zuneigung des jungen Paares zueinander ist stärker als die mütterlichen Einwände: Sie beschliessen, heimlich zu heiraten, bestellen das Aufgebot in München. Die Hochzeit findet im kleinsten Kreis statt. Am 6. August 1971 gibt Ljuba auf dem Standesamt der bayrischen Hauptstadt im weissen Sommerkleid mit ausgeschnittenen Ärmeln Paul Lurje das Jawort. Trauzeugen sind Pauls beste Freundin aus München und Otto Baeriswyl, der Restaurateur vom *Gundeldinger Casino*, einer der ersten Kunden von Top Coq und inzwischen ein guter Freund von Ljuba. Nach der standesamtlichen Trauung fährt das Kleeblatt an den Ammersee und verbringt einen vergnügten Nachmittag in einem Restaurant. Ein verblichenes Farbfoto zeigt die Braut lachend und glücklich an der Seite ihres eben angetrauten Mannes in einem Gartenlokal.

Das junge Paar bezieht im basel-städtischen Riehen eine Parterrewohnung in einem Mehrfamilienhaus, misstrauisch beobachtet von einer gutschweizerischen Nachbarschaft. Ljuba Gruber steht am Türschild, darunter Paul Lurje. Für den Polizisten, der im Stock über den Frischvermählten mit Gattin wohnt, ist der Fall klar: Unter ihm herrscht Sünde. Wilde Ehe! Ein Verstoss gegen das noch immer existierende Konkubinatsverbot. So flattert den Lurje-Grubers doch tatsächlich eine Anzeige ins Haus. Auf dem Polizeiposten gelingt zwar die Aufklärung über die Rechtmässigkeit des real existierenden Zivilstands. Trotzdem, ohne Rüge kommen sie von den Beamten nicht mehr los. Paul hat es versäumt, den inzwischen rechtmässig erlangten Doktortitel in seinen Pass eintragen zu lassen.

Ein neues Türschild muss her und vielleicht auch ein neuer Pass für den Gatten. Ruhe kehrt auch danach im Riehener Mehrfamilienhaus mitnichten ein. Einmal ist es Ljubas Hund, ein Deutscher Vorstehhund, der der Polizistengattin ein Dorn im Auge ist. Die Hundedame ist nämlich läufig und so auf der Strasse Objekt der Begierde von männlichen Vierbeinern – was manches Mal zu hörbaren Nebengeräuschen führt. Ein anderes Mal sind es die Menschen vom unteren Stock, die Feste feiern – was mitunter ebenfalls zu hörbaren Nebengeräuschen führt. Was der Polizistengattin alles gleichermassen auf die Nerven geht.

Diese etwas freudlose Ehefrau hat wohl das Gefühl, die jungen Leute da unten machten nichts als Party. Was ziemlich weit neben der Realität liegt. Ljuba, die sich mit Nachnamen nun Lurje nennt, führt mit Top Coq inzwischen ein erfolgreiches KMU mit fünfzehn Angestellten. Und nebenbei besucht sie an der Handelsschule des Kaufmännischen Vereins Basel einen viersemestrigen Kurs für kaufmännischen Führungsnachwuchs, wo sie etwa über Finanzierungsprobleme, Steuerfragen und Versicherungsschutz in einem Unternehmen instruiert wird. Doch als sie sich entschieden hat, diesen Kurs zu buchen, wird sie einmal mehr mit der spiessigen Enge der Schweiz der beginnenden 1970er Jahre konfrontiert.

Angemeldet und die Kursgebühr bezahlt hat Ljuba unter ihrem Taufnamen Ljubov. Am ersten Kurstag ist sie etwas zu spät. Als sie das Klassenzimmer betreten will, wird sie von 63 Männern angestarrt, als wäre sie eine Ausserirdische – sie realisiert sofort: Hier gibt es keine Frauen. Und vorne am Katheder stehen sieben Professoren, die ihr signalisieren, sie sei hier am falschen Ort. Erschreckt schiebt Ljuba die Türe wieder zu. Um sie Sekunden später wieder zu öffnen. Sie sei doch für diesen Kurs angemeldet, ruft sie den akademischen Lehrern zu, kramt das Anmeldeformular hervor und hält es ihnen hin. Tatsächlich: Ljuba hat bezahlt und ist für den Kurs angenommen worden. Allerdings: Diese Ausbildung für den kaufmännischen Führungsnachwuchs ist bislang eine ausschliesslich männliche Angelegenheit – alle beurteilenden Instanzen sind davon ausgegangen, Ljubov ist ein Mann. Nun haben die sieben Weisen, die den Kurs zu bestreiten haben, ein Problem. Sie ziehen sich zur Beratung zurück. Als sie wieder im Hörsaal auftauchen, verkünden sie, die Anmeldung von diesem, pardon, dieser Ljubov sei rechtmässig erfolgt. Es gebe keine juristische Handhabe, eine Teilnahme zu verhindern. Es ist nicht bekannt, dass sich einer der männlichen Kursteilnehmer über diesen Entscheid beklagt hätte. Aktenkundig ist damit aber, dass Ljuba ohne böse Absicht, aber quasi en passant die Kurse für den Führungsnachwuchs für Frauen geöffnet hat – und dies noch bevor das weibliche Geschlecht in diesem Land das aktive oder das passive Wahlrecht erhalten hat.

Dass sich Ljuba auch ohne formelle Gleichberechtigung über das mitunter recht selbstgefällige männliche Geschlecht zu erheben weiss, und das erst noch mit einer gehörigen Portion Selbstironie, zeigt sich im Jahr 1971: Die Top Coq nimmt erstmals an der Internationalen Fachmesse für Gemeinschaftsverpflegung, Hotellerie und Gastgewerbe (Igeho) teil, die alle zwei Jahre in der Basler Messe stattfindet. Ljuba lässt einen unübersehbar grossen Stand mit üppigen Auslagen von allerhand Meeresgetier aufbauen. Das Personal steckt sie in weisse Uniformen, auf der Brust prangt ein Top-Coq-«Güggel» in Grossformat, und auf dem Kopf tragen alle einen Gockelkamm.

Das ist nur die optische Ouvertüre. Nun dürfen sich die Küchenchefs unter den Messebesuchern für einen Contest bewerben. Es geht darum, mit Top-Coq-Produkten Exquisites zu kochen, und die Gilde der Basler Küchenchefs beurteilt das Resultat. Krönender Abschluss: Der Sieger geht vor Ljuba in die Knie und erhält von ihr als Trophäe den Top-Coq-Kamm aufgesetzt. Das ist auch Ljubas Triumph.

Zu Hause aber kriselt es. Paul Lurje ist frustriert. Der Mathematiker hat seine Ambitionen, an der Technischen Universität München eine akademische Karriere zu machen, für Ljuba und das gemeinsame Zuhause aufgegeben. Nun versucht er an der Basler Universität Fuss zu fassen. Er findet aber keinen Professor, der ihm und seiner unbestrittenen akademischen Expertise wohlgesonnen gegenübersteht. In der Not und zum Broterwerb heuert er als Systemanalytiker beim Chemiekonzern Ciba-Geigy an – nicht das, wofür er brennt. Vieles wirkt nun wie ein Spaltpilz in dieser noch so jungen Ehe. Das Trennende beginnt schwerer zu wiegen als das Gemeinsame. Da ist Ljuba, trotz ihren jungen Jahren schon reichlich lebenserfahren, die sich in einem steten Überlebenskampf befindet und sich zur Unternehmerin emporgeschwungen hat. Und da ist Paul, der gerade das Doktorat abgeschlossen und seinen Platz im Leben noch nicht wirklich gefunden hat. So kommt es wohl nicht ganz aus heiterem Himmel: Ljuba eröffnet ihm, sie habe da jemanden kennen gelernt.

Ljuba erlebt ein Wechselbad der Gefühle. Sie hat Caspar Manz, den Zürcher Hotelier, im Pariser *Prunier* bei der Austern-Degustation tatsächlich als Kunden gewonnen. Mehr noch: Charmant und mit Stil macht er ihr seither den Hof. Einmal lädt er sie zum Spaziergang in sein Jagdgebiet in der Nähe Zürichs ein, anschliessend zum Dinner ins Restaurant. Warmherzig wird der Jäger von der Wirtin begrüsst, die sich freut, ihn wieder einmal als Gast im Haus zu haben. Zu Ljuba gerichtet, sagt die Gastgeberin, es sei schon unglaublich, wie sehr das Fräulein Tochter der leider verstorbenen Frau Manz aus dem Gesicht geschnitten sei. Es ist nicht der einzige kleine Fauxpas an diesem Abend. Als die Rechnung kommt, klopft Caspar Manz sämtliche Taschen ab und findet – nichts. Er hat doch tatsächlich sein Portemonnaie zu Hause liegen lassen. Es ist ihm furchtbar peinlich. Ob sie zahlen könne ...? Sie kann. Und ahnt, dass diesem Mann eine Frau an seiner Seite fehlt, um seinen Lebensalltag zu meistern. Wie das wohl wäre, wenn sie diese Frau wäre?

Caspar Manz ist da in Gedanken schon weiter. Im Oktober 1973 schmeisst er auf der Forch eine grosse Party – schliesslich wird er fünfzig, und natürlich lädt er auch Ljuba ein. Nichts geschieht hier aus Zufall. Seine besten Freunde sind da. Etwa Hans Syz, Besitzer der Zürcher Privatbank Maerki Baumann, einer seiner ältesten und besten Kollegen. Während eines Reitturniers, das Syz organisiert hat und das der Geburtstagsparty einen Hauch von Grandezza verleiht, sitzt Ljuba nicht ohne Absicht neben ihm. Seinem Freund Hans Syz hatte Caspar Manz nämlich zugeraunt: diese Frau wolle er heiraten, und er müsse wissen, was er, Syz, von ihr halte. Die beiden haben es lustig, verstehen sich prächtig, und als die Reiter das Feld verlassen, meint der Hans zum Caspar: «Also wenn du die Ljuba nicht nimmst, ich kenne einen, der würde das sofort tun.» Caspar Manz versteht sofort. Das war, was der verliebte Hotelier hören will.

Allerdings: Ljuba ist verheiratet. Caspar Manz beschliesst, klare Verhältnisse zu schaffen und bittet Paul Lurje um eine Aussprache unter Männern. Er liebe seine Frau, eröffnet der gestandene Hotelier dem halb so alten und über dieses Bekenntnis etwas verdatterten Gatten. Er liebe seine Frau auch, erwidert dieser und er sei schliesslich Ljubas Mann. Eine leicht bizarre Situation, aus der es wohl nur einen Ausweg gibt: Die beiden Verliebten beschliessen, Ljuba selbst zu fragen, wie es denn um ihre Gefühle steht. Ein weiser Entscheid – kein Mann kann eine Frau halten, wenn diese nicht mehr will.

So nimmt auch diese Geschichte ihren Lauf. Ljuba spricht mit Paul über die Probleme ihrer Ehe. Zudem seien sie kinderlos. Sie schlägt die Scheidung vor. Unglücklich willigt Paul ein. Zu dritt gehen sie zum Anwalt. Zu dritt auch zum Scheidungsrichter. Dieser fällt im Frühjahr 1974 ein Urteil, das zu erwarten war: Ljuba wird nach Artikel 214 Strafgesetzbuch des Ehebruchs schuldig gesprochen und erhält ein drei Jahre währendes Heiratsverbot in der Schweiz. Mehr noch: Es wird ihr ausdrücklich verboten, Caspar Manz zu heiraten. Dieser sei schliesslich die Ursache ihrer Schuld.

Als ob ein verstaubter Paragraf im Strafgesetzbuch diese zwei Liebenden am Gang vor den Altar hindern könnte. Was in der Schweiz gelten mag, interessiert anderswo keinen Menschen. Ljuba ist Österreicherin. Also bestellen Ljuba und Caspar das Aufgebot halt in Wien. Caspar Manz reserviert für die Hochzeitsgesellschaft die Zimmer – natürlich im Hotel Sacher. Als Ljuba davon erfährt, erinnert sie sich blitzartig. Das Sacher! Jener Ort, an dem man sie Jahre zuvor nicht bedienen wollte! Wie wird die Direktion nun auf sie reagieren? Wird man sie empfangen? Mit gemischten Gefühlen fliegt sie nach Wien. Im Flugzeug dabei sind Caspar Manz, seine vier halbwüchsigen Kinder Christian, Regula, Brigitte und Oscar sowie die Trauzeugen, alle in bester Stimmung, denn der Pilot der Swissair-Maschine ist Caspars Neffe und die Stewardess dessen Frau. Fröhlich trinken die Gäste Champagner, doch Ljuba nippt nur verhalten am Glas.

Sie kauft sich noch am selben Tag bei Fürnkranz an der Kärntnerstrasse, einem Kaufhaus, ein hochgeschlossenes Kleid mit Puffärmeln. Das einzige weisse Kleid im Laden, den Hut nimmt sie gleich dazu. Am nächsten Tag, dem 16. August 1974, wird geheiratet: Die kleine Hochzeitsgesellschaft macht sich auf den Weg zum Wiener Rathaus. Ganz Europa stöhnt an diesem Freitag unter einer Hitzewelle. Am Arm des zukünftigen Gatten steigt sie in den Fiaker, der sie zum Standesamt bringen soll – eine Kutsche ganz in Weiss, zwei Schimmel davor, und der Kutscher heisst mit Nachnamen Glück: Wenn das kein gutes Omen ist für diese Ehe!

Die Zeremonie ist romantisch, Musik spielt auf, das Ja der beiden Verliebten ist unüberhörbar. Nach der Trauung fährt die kleine Hochzeitsgesellschaft in den Prater. Im Schatten der Kastanienbäume gibt es etwas Schutz vor der Sonne, und im Lusthaus am Ende der Allee wird gutgelaunt mit Champagner angestossen. Danach geht es zurück in die Stadt zum Hotel Sacher vis-à-vis der Wiener Oper und der Albertina. Vor dem Eingang stehen Journalisten, die Kameras sind in Stellung gebracht. Ljuba ist bei diesem Anblick nicht ganz wohl. Was, bangt sie, werden die mich fragen? Und was soll ich antworten? Soll ich überhaupt etwas sagen? «Schön lächeln», sagt ein Fotograf und drückt den Auslöser. Caspar wird interviewt. Der Hoteldirektor empfängt die Braut mit einem grossen Blumenstrauss. Dazu die passenden Worte: «Herzlich willkommen im Sacher, küss die Hand, gnädige Frau», sagt er und lächelt breit. Ljuba atmet auf. Innerlich macht sich ein Gefühl des Triumphs breit. Einst wollte sie hier ein Ober nicht bedienen. Jetzt gibt's Blumen vom Hotelier. Ljuba weiss nun: Es beginnt ein neues Leben. Sie ist nun Frau Manz.

Weltoffener Geist

Die Ankunft: Hôtelière an der Seite von Caspar Manz

Durch die Heirat ist Ljuba Teil der traditionsreichen Zürcher Hoteliersfamilie, und Caspar Manz hat mit seiner Ehefrau endlich jene Stütze im Geschäft, die ihm so lange gefehlt hat. Und als die Zwillinge Alexander und Michael auf die Welt kommen, scheint das Glück perfekt. Doch innerhalb der Firma spinnen Topmanager eine üble Intrige. Caspar Manz soll in illegale Geschäfte verwickelt werden, und Ljuba wird als russische Spionin denunziert.

Seit dem 16. August des Jahres 1974, seiner Hochzeit mit Ljuba, fühlt sich Caspar Manz wieder wie neugeboren. Auf schlechte Zeiten sind für ihn gute gefolgt. Bevor er Ljuba kennen gelernt hat, sind innerhalb von nur 24 Monaten seine Mutter, seine Gattin und schliesslich eine seiner vier Schwestern gestorben. Frauen, die er geliebt, ja verehrt hat und nun schmerzlich vermisst. Dunkle zwei Jahre sind das gewesen. Schwermütige Stimmungen hat er erlebt. Bleierne Monate, in denen er viel über die Zukunft seiner Hotels und seiner vier Kinder gegrübelt hat. Manches Mal hat ihn wohl auch das Gefühl beschlichen, der familieneigene Hotelbetrieb des Zürcher Viersternehauses *St. Gotthard*, vor allem aber auch das Management der seit 1964 gepachteten Hotels und des 1968 dazugekauften *Continental* könnten ihm über den Kopf wachsen.

Jetzt aber, mit der tatkräftigen siebzehn Jahre jüngeren Ljuba an der Seite, ist der Fünfzigjährige wieder voller Zuversicht. Es ist, als hätte ihm das Schicksal diese Frau geschickt, die die Energie, den Willen hat, ihn in seinem familiär vorbestimmten Leben als Hotelier zu unterstützen, und auch bereit ist, Seite an Seite mit ihm für dieses Vermächtnis zu kämpfen. Ljuba, das hat Caspar Manz bald einmal festgestellt, ist eine Unternehmerin, mit modernem Management vertraut, und eine Geschäftsfrau mit Durchsetzungsvermögen. Eigenschaften, die gerade jetzt in seiner Hotelgruppe vonnöten sind. Vielleicht spürt der Patron auch, dass sein in den vergangenen zehn Jahren stetig gewachsener Familienbetrieb wieder einmal vor einer Häutung steht – wie schon öfter in den vergangenen fast hundert Jahren.

Seit 1964 hat Caspar Manz seine geschäftlichen Aktivitäten kräftig ausgebaut. Und damit auch die Pfade verlassen, die Grossvater Kaspar und Vater Ernst durch jahrzehntelange harte Arbeit gelegt haben. Ersterer hat im Jahr 1889 mit dem Kauf des Hotels *St. Gotthard* unweit des Zürcher Hauptbahnhofs den Grundstein der Hotelierdynastie gelegt. Als der Sohn Ernst Manz den Stab vom Gründer übernimmt, baut Caspars Vater den Familienbetrieb unermüdlich aus und modernisiert ihn. 1951 ist es an Caspar, sich in die Generationenfolge der Manz-Hoteliers einzureihen. Als er die Hotelleitung des *St. Gotthard* von seinem Vater übertragen erhält, ist der 28-Jährige gerade aus den USA zurückgekehrt: Dort hatte er in noblen Adressen wie dem *Plaza* in New York den letzten Feinschliff zum Hotelier erhalten. Zuvor schon hat Caspar Manz sich an renommierten Häusern in London, Paris und Madrid weitreichende Sprachkenntnisse angeeignet und in dieser Zeit der intensiven Beschäftigung mit der internationalen Hotellerie auch festgestellt, dass sich diese in einem tiefgreifenden Wandel befindet. Der avantgardistische Schweizer Hotelier César Ritz hat bereits zu Beginn des 20. Jahrhunderts eine internationale Hotelkette unter seinem Namen aufgebaut – diesem Beispiel folgen seit den 1950er Jahren amerikanische Hotelierfamilien wie die Hiltons oder die Pritzkers mit ihrer *Hyatt*-Gruppe. Inzwischen weiten diese ihren Geschäftsradius bis nach Europa aus.

Auch die Gastronomie verändert sich in diesen Jahren. In der Schweiz ist es ein Bekannter von Caspar Manz, der Gastronomiegeschichte schreibt: Ueli Prager, Gründer von *Mövenpick*. Dieser ist nur wenige Jahre älter und hat wie Caspar die Kantonsschule in Trogen besucht. Beide sind Söhne von Hoteliers an der Zürcher Bahnhofstrasse, die Pragers führen das *Carlton Elite*. Und Caspars Kamerad Ueli hat im Jahr 1948 sein erstes *Mövenpick*-Restaurant eröffnet, später baut er über die Jahre ein weitläufiges Unternehmen mit Restaurants, Hotels und Weinkellereien auf. Ueli Prager ist innovativ. Als Erster bietet er Luxus für eilige Stadtmenschen an, wie es die Schweiz zuvor nicht gekannt hat: Lachs etwa zu erschwinglichen Preisen, und erlesene Weine schenkt er nicht nur in der Flasche, sondern auch im 1-Deziliter-Glas aus. Systemgastronomie nennt sich dieses neuartige, aus den USA eingeführte Gastrokonzept, während einheimische Restaurateure noch weitgehend gewerblich-konventionell unterwegs sind. Caspar Manz, jung und tatendurstig, ist fasziniert vom Erfolg dieser modernen Gastronomie.

An Selbstbewusstsein und an dem Glauben, dass auch er mit seinem Erbe zu neuen Ufern aufbrechen wird, fehlt es ihm keineswegs. Er ist schliesslich akribisch zum vollendeten Hotelier ausgebildet worden, zum Bannerträger eines Unternehmens, dessen Namen er hat. Den Sinn für die feine Lebensart, für Kulinarik und das tadellose Auftreten in der Gesellschaft, den charmanten Smalltalk – das hat Caspar bis zur Vollendung gelernt und verinnerlicht. Dass aus ihm anderes werden könnte als ein Hotelier, ist ausserhalb der Vorstellungskraft seiner Familie und auch seiner eigenen. Er ist schliesslich ein Manz und als Stammhalter auserkoren, die Geschichte dieser traditionsbewussten Hoteliersfamilie weiterzuschreiben. «Jetzt hämmer en» steht schon über seiner Geburtsanzeige vom 24. Oktober 1923. Eine Kohlezeichnung zeigt vier Mädchen, die an den Ecken eine Decke halten. In der Mitte: der ersehnte Säugling männlichen Geschlechts. Getauft wird er auf das dynastische Caspar – ein C als kleiner Unterschied zum Grossvater und *St.-Gotthard*-Gründer Kaspar. Als zweiten Vornamen bekommt der Neugeborene den Namen des Vaters, Ernst, und daraus wird das offizielle Caspar E. Manz. Nur seine Liebsten und ein paar enge Freunde dürfen ihn Caschper oder Caspi rufen.

Anfang 1951 verkündet der Vater Ernst Manz Geschäftspartnern und Freunden in einem persönlichen Brief, dass mit Caspar Ernst Manz als Mitarbeiter die dritte Generation in sein Unternehmen Hotel und Restaurants *St. Gotthard* eingetreten sei und er die Prokura erhalten habe. Damit startet Caspars Karriere. Stürmisch zunächst, mit jugendlichem Temperament will der junge Mann neue Methoden einführen. Er lässt in den Umkleideräumen des Personals Duschen anbringen und den fünften Stock des Hotels zu 28 neuen Zimmern ausbauen. Als er dann noch wöchentlich eineinhalb Freitage für Köche gewähren will, geht das dem Patron entschieden zu weit. «Wenn das alles ist, was du in Amerika gelernt hast, gehst du besser gleich zurück», meint der Vater zum Sohn. Diese väterliche Zurechtweisung hat bei Caspar Manz wohl Langzeitwirkung – sie findet jedenfalls Eingang in eine spätere Manz-Festschrift.

Dabei fällt dieser Apfel nicht weit vom Stamm. Der Vater Ernst Manz ist ein Arbeitsleben lang ein rastloser Erneuerer und innovativer Hotelier gewesen. 1881 geboren, tritt er als 28-Jähriger das Erbe seines Vaters Kaspar als Besitzer des *St. Gotthard* an und heiratet im selben Jahr Gertrud Meister – sie wird zu seiner Geschäftspartnerin und bringt fünf Kinder zur Welt. Die Gattin stammt aus der ähnlich traditionsbewussten Hoteliersfamilie Meister, der das *Hotel Meister* in Lugano gehört. Auf einem Ende der 1920er Jahre aufgenommenen Familienfoto sitzen Gertrud und Ernst Manz zu Tisch, zwischen ihnen der kleine Caspar, umringt von den vier Töchtern. Ein stolzes Lächeln umspielt die Lippen des Familienvaters.

Das Hotel ist Lebens- und Arbeitsmittelpunkt der Familie. Die Manz' sind immer im Haus – von morgens früh bis abends spät. Für die Angestellten des *St. Gotthard* ist das Ehepaar Arbeitgeber und Ersatzfamilie zugleich. Mutter Manz und Vater Manz werden sie von allen genannt – Respekt und Zuneigung schwingen mit. Die Mitarbeiter wissen: Ernst Manz sorgt für sie wie ein Oberhaupt für seine Familie. So führt das *St. Gotthard* bereits 1947, ein Jahr vor der Einführung der AHV, eine Altersversicherung und eine Pensionskasse für seine Angestellten ein. Und Ernst vergrössert auch die Zahl der Betten in seinem Hotel. Dafür erwirbt er eine weitere Liegenschaft, die an die bestehenden Gebäude angrenzt. In den 1920er Jahren pachtet er zudem für einige Jahre das *Hotel National* am Bahnhofplatz, das er in *Hotel Schweizerhof* umtauft – ursprünglich, um während des Umbaus im *St. Gotthard* über genügend Betten zu verfügen. Während der Weltwirtschaftskrise der 1930er Jahre verkleinert der Patron seinen Hotelbesitz wieder und zieht sich auf das Stammhaus zurück.

Innovativ bleibt er trotzdem. Das ehemalige Zunftsäli im Hotel verwandelt er im Jahr 1935 in die bis heute weit über die Schweizer Grenze hinaus bekannte *Hummer- und Austernbar.* Ausserordentlich in den Zwischenkriegsjahren: Hummer oder Austern sind zu dieser Zeit hierzulande praktisch unbekannt, gelten als grösster Luxus. Anfänglich hält sich die Begeisterung im puritanischen Zürich ob so viel frankophonkulinarischer Frivolität denn auch in Grenzen. Später verrät Ernst Manz einmal: vom ersten Korb Austern bringe er lediglich ein bescheidenes Dutzend an den Mann – 88 weitere verspeise er mit Freunden des Hauses halt selbst. Was harzig beginnt, wird dennoch zum grossen Erfolg und Markenzeichen des *St. Gotthard.* Hier hat sogar der persische Schah Reza Pahlawi Austern geschlürft.

Während Ernst Manz die Geschicke des Hotels leitet und sein Unternehmen ohne Entlassungen durch die schwierigen Kriegsjahre steuert, hat sein Bruder Oskar mit seinem *Hotel Savoy Baur au Ville* weniger Glück. Dieses rutscht in den 1930er Jahren tief in die roten Zahlen. Als Oskar alles über den Kopf wächst und er das Hotel verliert, setzt er sich in die USA ab – offene Rechnungen hinter sich lassend. Ein Manz jedoch steht nirgends und bei niemandem in der Kreide. Das sagt sich Ernst, und er zahlt über Jahre die Schulden des Bruders bis auf den letzten Franken ab.

Verlassen kann sich der Patron aber vor allem auf seine Frau Trudi. Diese wirkt im Hintergrund, das Wohlbefinden der Gäste und Angestellten ist ihr ein grosses Anliegen. Mit wachsamem Auge hält sie die Zügel im Hotel in der Hand. Sorgt für eine gepflegte Atmosphäre. Kontrolliert den Blumenschmuck und allmorgendlich auch die Qualität des ausgeschenkten Kaffees. Etwas Disharmonie herrscht in dieser Ehe höchstens dann, wenn Trudi wieder einmal von einem Besuch bei ihrer Familie im Tessin zurückkehrt und den Odeur von Knoblauch mit nach Hause bringt. Dann wird die Gattin bisweilen aus dem ehelichen Schlafzimmer verbannt.

Frauen, die Ehegattinnen der Hoteliers, haben in der Familie Manz von jeher grossen Einfluss gehabt. Wie Gertrud hat schon deren Schwiegermutter Elise Manz-Kaegi die perfekte Hoteliersgattin abgegeben. Mit ihr an seiner Seite hat Dynastiegründer Kaspar Manz das *St. Gotthard* aufgebaut. Der Abkömmling einer Bauernfamilie aus Wila im Tösstal hat im April 1889 für damals stolze 275 000 Franken das Hotel *St. Gotthard* gekauft und später noch zwei weitere angrenzende Liegenschaften in der Schützengasse. Dies zu einer Zeit, als sich das urbane Zentrum Zürichs noch am Grossmünster befindet. Am Bahnhof jedoch liegt die Zukunft – zügig wird im ausgehenden 19. Jahrhundert die Eisenbahn ausgebaut. In der Nähe des Bahnhofs siedeln sich bald auch moderne Kaufhäuser und Banken an: Mit ihnen rückt das *St. Gotthard* ins Herz der pulsierenden Stadt.

Kurz nach der Jahrhundertwende baut Kaspar Manz seine drei Liegenschaften so aus, dass sie zu einem Hotel zusammenwachsen. Unter den Handwerkern auf dem Bau, die in jenen Jahren häufig aus Italien kommen, befindet sich auch ein junger Mann namens Benito Mussolini aus der Emilia Romagna. Was der Patron nicht weiss: Tagsüber schwingt der knapp Zwanzigjährige die Maurerkelle im *St. Gotthard,* abends aber schwingt er flammende Reden im Kreise seiner Genossen bei der Zürcher Sozialdemokratie. Und gute zwanzig Jahre später steht der ehemalige Maurer als Duce, Führer, an der Spitze des faschistischen Regimes in Italien.

Als Caspar Manz über fünf Jahrzehnte später das Vermächtnis seines Grossvaters antritt, ist dies eine immer wieder gerne kolportierte Anekdote aus dem *St. Gotthard*. Wie seine Vorfahren vor ihm investiert auch er in den Um- und Ausbau des Hotels. 1959 etwa eröffnet er das Fischrestaurant *Bouillabaisse*. Die *Neue Zürcher Zeitung* notiert anerkennend, dort werde «eine ebenso gute Bouillabaisse serviert wie in den besten Lokalen des Vieux-Port von Marseille». Schon drei Jahre zuvor hatte Zürichs schillernder Hotelier eine besondere Eingebung gehabt: Caspar Manz eröffnet auf dem Pflaster vor dem *St. Gotthard* ein Strassencafé. Ein Novum in der Stadt. Seine urbanen Gäste direkt an die Strasse zu setzen, hat bislang noch kein Restaurateur in Zürich gewagt – und selbst Ernst Manz äussert grösste Bedenken: wer wolle sich schon an einen der für Passanten gut sichtbaren Tische setzen. Das könnte im arbeitssamen, zwinglianischen Zürich schliesslich schnell einmal als Müssiggang aufgefasst werden. Eine wachsende Zahl von Gästen hat mit einer solchen Eventualität offensichtlich kein Problem – das Café an der Bahnhofstrasse wird zu einer Institution in der Stadt. Solches Gespür für die Wünsche seiner Gäste lässt Caspar Manz' Verwaltungsrat Rudolf Villiger noch Jahre später in den höchsten Tönen von seinem Chef schwärmen. Caspar Manz sei «ein Vollbluthotelier, ein ideenreicher und fröhlicher Restaurateur, ein exzellenter Kenner und Liebhaber französischer Weine, ein Ass in der Küche, ein unentwegter Fan für frische Fische und Meeresfrüchte. Der Erfolg seines Wirkens liegt in seiner innersten Überzeugung, nach der Gäste empfangen, trinken und unterhalten ein Bestandteil unserer Kultur und unserer Zeit ist.»

Erfolg fördert den Hunger nach mehr. Im Jahr 1964 gründet Caspar Manz eine Managementgesellschaft namens CEM, die Abkürzung für Caspar E. Manz, Hotels und Restaurants –

ein Vehikel zur Expansion über das angestammte *St. Gotthard* hinaus. Im gleichen Jahr pachtet der Patron das Hotel *Continental* in Lausanne, und in den folgenden Jahren kommen über zehn weitere Betriebe in die CEM hinein: ein buntes Potpourri von Restaurants und Hotels, darunter Ausflugslokale wie die Landgasthöfe *Au* und *Wallberg* in Volketswil, das *Café Vaudois* in Lausanne oder das Zunfthaus *Zum Saffran* in Zürich sowie einige Hotels wie das *Duc Bertold* in Fribourg, das *Gartenhotel* in Winterthur. Caspar Manz baut jedoch keine Hotelkette auf, sondern eine Gruppe, wie er 1972 in einem Interview mit dem Fachblatt *Hotel Revue* erklärt.

Das *Continental* in Lausanne erwirbt Caspar Manz 1968. Als dessen Bauherr einige Zeit nach der Fertigstellung des Hotels in Konkurs geht, kommt das Haus unter den Hammer. In einer Auktion wird das *Continental* versteigert. Unter den Mitbietern neben Caspar Manz: Ueli Prager, *Mövenpick*-Inhaber. Caspar Manz erhält den Zuschlag und besitzt nun neben dem *St. Gotthard* ein zweites Hotel – alles andere sind Pacht- oder Managementbetriebe. Das hält zwar die Verschuldung des Familienbetriebs unter Kontrolle; das dezentral-individuelle Management von 600 Gästebetten und etwas über 43 Millionen Franken Umsatz ist jedoch komplex. Der Patron Caspar Manz will das jedoch genau so. Die «Industrialisierung des Gastgewerbes», wie er einmal sagt, entspricht nicht seiner Vorstellung von Gastfreundschaft, genauso wenig wie die sogenannte System-Hotellerie, bei der sämtliche Häuser einer Kette wie aus dem Ei gepellt gleich aussehen und uniform geführt werden. Caspar Manz will Hotels mit Individualität und persönlicher Ausstrahlung, die auf individuelle Bedürfnisse der Gäste ausgerichtet sind. Deshalb gewähre der Patron seinem leitenden Personal «nicht nur ein formelles Mitspracherecht», notiert einmal die *Hotel Revue*, «es erhält auch Mitentscheidungsbefugnis und sehr viel Verantwortung».

Als Ljuba 1973 in Caspar Manz' Leben tritt, wird auch sie mit dem so gewachsenen Unternehmen konfrontiert. Schon bald einmal offenbart er ihr, dass ihm sein Geschäft bisweilen den Schlaf raube. Ob sie einmal die Bücher anschauen könne. Der Patron, der seit Jahren allein an der Spitze seiner Hotelgruppe steht, ist froh, dass er nun jemanden zum Reden hat – mit Ljuba kann er auch über Geschäftliches auf Augenhöhe diskutieren. Sie realisiert schnell: Caspar Manz ist der vollendete Hotelier. Die betriebswirtschaftlichen Belange aber sind zu einem guten Teil an sein Management delegiert: sechs Herren, denen er vertraut. Für das Geschäft ist dies keine gute Konstellation. Es sind von angestellten Managern dezentral geführte Hotels – und so hat keiner von diesen Männern ein Interesse daran, durch eine konsolidierte Gruppenbilanz maximale Transparenz zu schaffen. Und Caspar Manz, dem daran etwas liegen müsste, ist mit solchen betriebswirtschaftlichen Notwendigkeiten überfordert. Mehr noch: Wie bei zahlreichen Hoteliers seiner Generation ist beim Patron Privat- und Familienvermögen keineswegs voneinander getrennt, so als gäbe es nur eine einzige Kasse. Und alles, was mit Finanzen zu tun hat, hat Caspar Manz in die Hände eines einzigen langjährigen Buchhalters gelegt. Er steht damit keineswegs allein da. Sein guter Freund Richard Sprüngli, Besitzer der gleichnamigen Confiserie am Paradeplatz, führt seinen Betrieb buchhalterisch auf ähnliche Weise – beide sind in dieser Hinsicht Kinder ihrer Zeit.

Rendite zu erzielen – das sei nicht sein Ding gewesen, urteilt Caspar Manz über dreissig Jahre später selbstkritisch in einem seiner letzten Fernsehinterviews. Als er Ljuba heiratet, ist er eins mit seinem Unternehmen: Er ist das Hotel und das

Hotel ist Caspar Manz. Ein Privatvermögen anzulegen, ist ihm fremd. In materiellen Dingen ist er bescheiden, gönnt sich wenig. Private Ausgaben trägt der Patron jeden Abend sorgfältig in ein Milchbüchlein ein: jede Packung Gauloises, jede Tasse Kaffee. Und wenn er Bares benötigt, das erlebt Ljuba in einem Urlaub noch vor der Hochzeit auf Capri, dann telefoniert der Hotelbesitzer mit seinem Buchhalter: Er möge ihm etwas *Cash* überweisen. Als die verliebte Ljuba auf Capri in einem Schaufenster ein weisses Seidenhemd mit braunen Tupfen erspäht, schenkt sie dieses edle Stück ihrem Zukünftigen. Und erfährt: Ein so teures Hemd hat sich der Hotelier noch nie gegönnt. Caspar Manz hält es in Ehren bis an sein Lebensende.

Noch vor der Hochzeit beginnt für Ljuba ein ganz neues Leben. Sie ist bald nicht mehr nur Unternehmerin in Basel, sondern auch Beraterin und Ehefrau eines Hoteliers mit vier Kindern aus erster Ehe. Die Top Coq am Rheinknie erwirtschaftet inzwischen über vier Millionen Franken Umsatz und ist ein schweizweit erfolgreicher Engros-Betrieb für Fisch und Krustentiere. Naheliegend, dass sich Ljuba über ihre persönliche und finanzielle Zukunft in der Firma Gedanken macht. Sie spricht bei ihren Chefs innerhalb der Top-Coq-Mehrheitsbesitzerin Coop in Basel vor. Sie habe den Betrieb gross gemacht, verkündet sie dort, und wolle deshalb ihren Aktienanteil von zehn auf dreissig Prozent aufstocken. Als Gegenleistung würde sie Caspar Manz und seine CEM mit sämtlichen Hotels und Restaurants als neue Kunden in die Top Coq einbringen. Kaum sind diese Sätze über ihre Lippen gekommen, schaut sie, wie schon so oft, in Gesichter von Männern, die um ihre Fassung ringen. Sie reagieren, wie es wohl zu erwarten war: das käme nicht infrage. Ljuba ist wütend – sie kündigt im Zorn. Nicht ohne den Herren zu prophezeien, dass sie diesen Schritt einmal bereuen würden.

Kurz darauf sitzt Ljuba im Restaurant des Zürcher *Dolder Grand* und grübelt. Lässt sich vom Ober Papier des Hauses bringen und versucht, ihre Gedanken zu ordnen. Was nun? Jetzt, wo sie gekündigt hat und die Hoteliersgattin Manz wird: Soll sie ihre finanzielle Eigenständigkeit aufgeben? Hat sie dafür jahrelang gekämpft, sich weitergebildet und als Unternehmerin etabliert? Jetzt aufgeben? Das wäre eine Kapitulation! In ihrem Kopf formen sich kühne Ideen. Wie wäre es, ein eigenes Engros-Business zu gründen? Der Gedanke fühlt sich gut an. Eine neue Firma benötigt einen Namen. Wie von selbst fliessen Buchstaben aufs Papier. *Top-Fisch?* Darunter notiert sie mit blauem Kugelschreiber: *Gold-Fisch?* Noch kann sich Ljuba nicht entscheiden. Über den Zweck ihrer Firma muss sie jedoch nicht lange nachdenken: «Import und Export sowie Grosshandel mit Fisch, Geflügel, Wild, Delikatessen und Spezialitäten aller Art sowie Weinen und Spirituosen.» Es soll eine Konkurrenz zu Top Coq werden!

Am 1. April 1974, drei Monate vor der Hochzeit, wird die neue Firma in das Basler Handelsregister eingetragen. Neben ihr sind zwei Männer mit von der Partie. Caspar Manz natürlich und Heinrich Angst, Inhaber der Grossmetzgerei Bell, den Ljuba aus ihren Zeiten bei der Coop-Tochter Top Coq kennt – er ist auch Fleischlieferant bei den Hotelbetrieben von Caspar Manz. Jeder der drei Teilhaber schiesst 100 000 Franken in die neue Aktiengesellschaft ein. Auch einen wohlklingenden Namen hat Ljuba inzwischen gefunden. Connessa – ein Wortspiel und Programm: «Connessa pour le connaisseur.» Über dem Namenszug lächelt freundlich ein Fisch in blauen Farben. Und Ljuba nimmt auch fast die gesamte meist weibliche Belegschaft der Top Coq in ihre neue Firma mit. Noch bevor deren Räumlichkeiten überhaupt bezogen sind, hängen die jungen Frauen zu Hause am Draht und telefonieren ihre ehemaligen Kunden ab. Bald wissen Küchenchefs und Einkäufer: Es gibt diese neue Firma namens Connessa, die mit dem gleichen Personal, demselben Engagement und Prinzip der alten arbeitet, mit der die Kundschaft über Jahre nur gute Erfahrungen gemacht hat. Und Ljuba setzt sofort noch einen drauf: Sie wirbt mit einem Telefon, auf dessen Wählscheibe die Ziffern durch die Konterfeis junger, hübscher Damen ersetzt wurden. Bei diesen kann die Ware direkt geordert werden. Solches Marketing steht in keinem Lehrbuch – vielleicht deshalb ist es vom ersten Tag an unglaublich erfolgreich. Die Connessa etabliert sich jedenfalls rasch, während die Top Coq den Abgang von Chefin und Personal kaum verkraftet.

Nach der Hochzeit pendelt Ljuba zwischen Basel und Zürich. Wohnt mal hier, mal dort. Denn ein gemeinsames Zuhause haben sie und Caspar Manz zunächst noch nicht. Ihr neuer Gatte hat aus der ersten Ehe mit seiner 1971 verstorbenen ersten Frau Greth Manz-Ehrbar vier Kinder. Den zwanzigjährigen Christian, die achtzehnjährigen Zwillinge Regula und Brigitte sowie den sechzehnjährigen Oscar. Die Familie lebt auf einem Anwesen auf der Forch nahe Zürich mit Stallungen und fünf Pferden – sie sind Caspars Leidenschaft. Die Kinder haben zwei Jahre zuvor in einem schwierigen Alter den Tod ihrer Mutter zu verarbeiten gehabt und leben seither allein mit dem Vater zusammen. Als in dessen Leben eine neue Frau tritt, ist das für sie nicht nur einfach. Es gibt auch Opposition. Eine schwierige Situation für alle, besonders für Caspar Manz. Der Hotelerbe in dritter Generation denkt dynastisch. Das *St. Gotthard* soll in jedem Fall innerhalb der Familie weitergeführt und dereinst der Tradition entsprechend von seinem Ältesten, Christian, übernommen werden. Realistisch ist das nur, wenn die alte und die neue Familie zusammenfinden.

Doch das ist Caspar Manz nicht vergönnt. Christian hat andere Pläne und wandert in die USA aus.

Um klare Verhältnisse zu schaffen, entscheidet sich Caspar Manz in Absprache mit der Vormundschaftsbehörde, seinen Kindern das Erbe ihrer Mutter auszuzahlen. Dafür fehlen ihm jedoch die finanziellen Mittel. Er entschliesst sich, dafür das Haus auf der Forch zu verkaufen. Für sich und Ljuba findet er in unmittelbarer Nähe zum *St. Gotthard* ein neues Zuhause. Auf der Schipfe in Zürichs Altstadt mietet er eine bescheidene Zweizimmerwohnung. Auch Ljuba wird aktiv und erhält durch einen Zufall Unterstützung. Der deutsche Komponist Professor Werner Egk besitzt im Aargau, nahe Dornegg, ein schönes ländliches Anwesen. Er hat es erstanden, um sich in der Schweiz niederzulassen – was ihm die Behörden jedoch verweigern. So ist der bekannte Musiker und Ehrenbürger von München gezwungen, sein Bijou wieder zu verkaufen: an Ljuba. Sie handelt mit ihm einen Kaufvertrag aus, der sie verpflichtet, den Kaufpreis in zehn Jahresraten abzuzahlen. Vereinbart ist auch: Sollte der 1901 Geborene vor dieser Zeitspanne sterben, würden, weil keine Erben vorhanden sind, die Zahlungen eingestellt. Werner Egk stirbt 1983, kurz nachdem Ljuba die letzte Rate überwiesen hat.

Böhler heisst das ländliche Anwesen mit viel Platz und Stallungen für die Pferde. Dort formiert sich die Familie Manz neu und wohl anders als ursprünglich geplant. Während Caspars jüngster Sohn Oscar dort mit Vater und Ljuba einzieht, besuchen die Zwillingsschwestern ein Internat. Später wohnt dort auch Ljubas Schwester Natascha mit ihrem Sohn Iwan. Diese hat inzwischen geheiratet, ist Mutter geworden, hat sich scheiden lassen, und Ljuba ist es gelungen, sie in die Schweiz zu holen. Da in Zürich auch im *St. Gotthard* zum Rechten zu schauen ist, übernachten Caspar Manz und Ljuba unter der Woche meist in ihrer kleinen Wohnung auf der Schipfe, während im Aargauischen ein Ehepaar aus Spanien den Haushalt führt.

«Ljuba sah sich im *St. Gotthard* um. Ihre Auffassungsgabe war brillant. Sie lernte rasch, und ich konnte sie bald in vielem um Rat fragen. Und schneller, als ich – als ausgebildeter Hotelfachmann – es für möglich gehalten hätte, erfasste sie die Funktion und die Eigenarten der verschiedenen Sparten eines solchen Hauses, erkannte vorhandene Mängel und wies zielstrebig Wege zu deren Beseitigung.» Diese Worte über ihre gemeinsame Anfangszeit im *St. Gotthard* bringt Caspar Manz viele Jahre später zu Papier. Und wohl deshalb erhält Ljuba bald schon die Berechtigung zur Einzelunterschrift im Unternehmen – als erste Hôtelière in der Geschichte der Familie Manz. Caspar Manz weiss um die Bedeutung von starken Frauen im Hotelbetrieb – er selbst ist ja in einem Frauenhaushalt gross geworden: Mutter, vier Schwestern und eine Nanny.

Was aber macht die perfekte Ehefrau des Hoteliers aus? «Wie in kaum einer anderen Branche kommt im Hotelfach der Frau des Hauses eine ungewöhnlich grosse Bedeutung zu. Mit ihrem Gatten zusammen leitet sie den Betrieb, von ihrem guten Geschmack hängen die Schönheit und die Wohnlichkeit der Gasträume ab, von ihrer Aufmerksamkeit und Autorität die Sauberkeit und die guten Sitten im Hause.» Worte, die Caspars Vater Ernst in einer Festschrift zum 50-Jahr-Jubiläum des *St. Gotthard* festgehalten hatte. Und Ljubas Ehemann Caspar schreibt einmal über seine Mutter Gertrud: «Jeden Morgen um sieben Uhr hat meine Mutter ihre Arbeit begonnen und bis zum späten Abend fortgesetzt. Sie verstand es trotzdem, ihre Zeit so einzurichten, dass wir ein richtiges Familienleben hatten. Sie war alles für uns und wurde nicht nur von ihrer Familie, sondern auch von allen Angestellten herzlich geliebt.»

In diese Welt tritt Ljuba Manz also ein. Für Caspar Manz mag es nicht ungewöhnlich gewesen sein, dass er seine selbstbewusste und geschäftstüchtige Ljuba sofort aktiv in seine Geschäfte involviert hat. Gewöhnungsbedürftig ist das aber für seine Bekannten und Freunde aus den urzürcherischen Familien, der noblen Kämbel-Zunft, der Gilde der Bombenwerfer, dem Zürcher Reitclub. Dort wird über diese Liaison getratscht und getuschelt. Ihr distinguierter Caspi hat sich verliebt! Auch noch geheiratet! Eine sehr viel jüngere Frau! Eine Russin! Manch einer behauptet gar, diese Frau schon im Zürcher Nachtclub *Terrasse* gesichtet zu haben. Andere verkünden im Brustton der Überzeugung, diese Liebe würde schnell verglühen.

Man kann Nachsicht haben mit diesen verbalen Heckenschützen. In der Schweiz haben die Frauen erst vor wenigen Jahren das aktive und das passive Wahlrecht erstritten – mit grosszügiger Verspätung gegenüber praktisch sämtlichen europäischen Ländern. Und in der noch weitgehend patriarchalischen Schweizer Wirtschaft sind Frauen in Führungspositionen Mitte der 1970er Jahre noch rare Exotinnen. Insofern sind Caspar und Ljuba, jeder für sich, Exponenten einer sich erst anbahnenden Zeit einer grösseren Gleichberechtigung der Geschlechter. Er, weil er sich von der Kritik seiner Zunftbrüder oder Reitkollegen nicht beirren lässt und Ljuba für alle sichtbar einen prominenten Platz in seinem Hotel einräumt. Sie, weil sie keine Anstalten macht, sich in eine unscheinbare Ehefrau an der Seite ihres prominenten Mannes zu verwandeln: Lebenslust, gepaart mit der Überzeugung, dass eine Frau attraktiv, feminin und gleichzeitig eine herausragende Geschäftsfrau sein kann. Ljuba steht auch selbstbewusst zu ihrer nicht immer gradlinigen Vergangenheit, macht keinen

Ljuba und Caspar treffen Fürstin Marianne zu Sayn-Wittgenstein-Sayn (ganz rechts) an den Salzburger Festspielen.

Mit Christine Lagarde am SPIEF Economic Forum in St. Petersburg. (2018)

Verbunden durch Musical Olympus: zusammen mit Irina Nikitina in St. Petersburg. (2018)

Ljuba mit Maja Plissezkaja (M.) und Museumsdirektor des Tsarskoje Selo Ivan Sautov am Ehrenball für Maja. (1997)

Pianisten und Komponist: Michael und Alexander mit Dirigent Mikhail Pletnev (v.l.) an der Aufführung der «Fantasia Helvetica» im Tschaikowsky-Saal in Moskau anlässlich des 50. Geburtstags von Mikhail Pletnev. (2007) © Ekaterina Tsvetkova

Respekt für eine grosse Künstlerin: Wladimir Putin applaudiert Maja Plissezkaja bei der Mariinsky-Eröffnung in St. Petersburg. (2013)

Rodion Shchedrin wird von Wladimir Putin für die Verdienste um die russische Kultur ausgezeichnet.

Zusammen mit Sergei Iwanow, dem Vorsitzenden der russischen Präsidialverwaltung, bei der Mariinsky-Eröffnung in St. Petersburg. (2013)

Freundinnen: mit Margarita Louis-Dreyfus in St. Petersburg. (2018)

Zusammen mit Udo Jürgens bei einem privaten Dinner. (2001)

Tenor Plácido Domingo mit Vera Kálmán (l.) und Ljuba im «St. Gotthard».

Pianistin, Violinist und Hotelière: Martha Argerich, Gidon Kremer und Ljuba. (1988)

Russisches Silvester im «St. Gotthard»: Eliette von Karajan und Ljuba.

Musikerfreunde am Tegernsee: Bariton Thomas Hampson, Jörg Gühring, Ljuba und Antje-Katrin Kühnemann (v.l.).

Komponist Rodion Shchedrin, Musiker Petja und Valerie Houdjakov, Primaballerina Maja Plissezkaja und Ljuba am russischen Silvester im Hotel St. Gotthard. (2012) © Lukas Schnellmann

Alexandre Rachmaninoff, Enkel von Sergej Rachmaninoff und Begründer der Rachmaninoff Foundation, zusammen mit dem Ehepaar Manz im «St. Gotthard».

Mit Pianist Lang Lang. (2018)

Tina Turner und Ljuba. (2018)

Sänger Iosif Kobzon mit Gattin.

Der Familie Manz in musikalischer Freundschaft verbunden: Musikvirtuose Mikhail Pletnev.

Zusammen mit Grosscousin Wasily Fomin, dem Komponisten von «Those were the days my friend,» im Hotel de la Paix in Genf.

Ljuba, Schwiegertochter Zulfiya Manz und Sophia Loren.

Häufig zu Gast im «St. Gotthard»: Ephraim Kishon.

Ljubas Freundin und gern gesehener Gast im «St. Gotthard»: Schauspielerin Hildegard Knef.

Zusammen mit Violinist Isaac Stern.

Zu Gast in der Hummerbar: Marc-Chagall-Witwe Wawa Chagall.

Dirigent, sowie Förderer von Alexander und Michael Manz, Paul Sacher.

Charles Kálmán, der Sohn von Vera Kálmán.

Förderinnen junger Musiker: Hortense Anda Bührle, Géza Anda-Stiftung, Ljuba und Irina Nikitina, Friends Musical Olympus (v.l.). (2012) © Ursula Litmanowitsch

Martin Engstroem, Gründer und Direktor des Verbier Festivals gratuliert Ljuba zum Geburtstag. (2018)

Schokolade von Lindt & Sprüngli für die Jungmusiker an den Musiktagen Dornegg: mit Künstlern und dem künstlerischen Leiter Oleksandr Chugai (ganz links). (2017)

Ljuba am Förderer-Event des Filmfestivals Locarno. (2014)
© Ursula Litmanowitsch

Austausch mit Olga Golodets, Vizeministerpräsidentin in der Regierung der Russischen Föderation und Kulturministerin. (2018)

Filmaufnahmen im «St. Gotthard» mit dem russischen Schauspieler Igor Kostoliewsky. (1993)

Förderverein Mishka: Besuch im Mädchenheim des Klosters Marfo Mariinsky in Moskau. © Ekaterina Tsvetkova

An der Filmpremiere von «Mein Weg» in Moskau: Drehbuchautorin Vera Krippa, Mich
Regisseurin Roza Moroz, Ljuba und Alexander. © Ekaterina Tsvetkova

Mit dem Neffen Iwan Höpli und den Söhnen Alexander und Michael an den Salzburger Festspielen.

Alexander und Zulfiya Manz, Ljuba und Marco Conte, Svetlana und Michael Manz in St. Petersburg (v.l.). (2018)

Modeshow im «St. Gotthard»: Ljuba und ihre Freundinnen. (2017) © Siggi Bucher

Zusammen mit Lindt-VR-Präsident Ernst Tanner. (2007) © Graziella Vigo

Mit Raquel Marquard.

Reto Gaudenzi und Piero Dillier, Gründungsmitglieder des Evviva Polo St. Moritz.

Mit Marco Conte und Polospieler Werner Meier.

Sandra Bauknecht und Patrick Liotard-Vogt.

Mit Rudolf Bär. © Siggi Bucher

Gigliola und Fotografin Graziella Vigo (v.l.).

Hehl daraus, dass ihr Lebensweg kurvenreich verlaufen ist. Sie sei Russin, lässt sie in der Presse verlauten, und als solche sehe sie die Männer nicht als zu bekämpfende Kontrahenten, sondern als Partner im grossen Spiel des Lebens und der Liebe. Solche Aussagen provozieren in diesen Zeiten nach allen Seiten, und Ljuba bietet eine perfekte Projektionsfläche für allerlei Ressentiments: Feministinnen sehen in ihr und ihrer Lebensfreude einen Verrat an der Sache der Frau – der Kampf um Gleichberechtigung und Emanzipation hat in deren Augen mit kompromissloser Ernsthaftigkeit zu erfolgen. Und für Männer in den Teppichetagen der Firmen ist Ljubas Kombination von Weiblichkeit und Kompetenz ein steter Quell der Irritation.

Und Caspar Manz? Der Patron stellt lapidar fest: «Meine Mutter hätte Freude gehabt, Ljuba kennen zu lernen.» Sie hätte auch allen Grund gehabt: Rasch nimmt Ljuba im Unternehmen eine zentrale Rolle im Verwaltungsrat ein, sie kümmert sich aber auch um die Alltagsbelange der Hotels, etwa um neue Inneneinrichtungen oder den Blumenschmuck. Wenn die Männerrunde des CEM-Managements zur Sitzung zusammentritt, ist Ljuba als einzige Frau meist mit von der Partie. Anfänglich lassen die Herren sie gönnerhaft das Protokoll verfassen und vergüten diese Arbeit mit grosszügigen 200 Franken. Ljuba macht dieses Spiel mit. Mit Absichten. Nirgends lernt sie mehr über den Zustand der Manz-Firmen wie als Protokollführerin an diesem Tisch. Und abends am heimischen Schreibtisch wälzt sie weiter Akten der Manz-Firmen. Was sie sieht, macht sie stutzig. Die CEM-Gruppe macht schöne Umsätze. Aber der Gewinn ist nur ein schmales Rinnsal. Mehr noch: Immer wieder stopft das familieneigene Zürcher *St. Gotthard* Finanzlöcher in den Pachtbetrieben draussen im Lande – von dort beziehen die angestellten Manager bei ansprechenden Geschäftsergebnissen Ende Jahr auch einen Bonus. Bei Licht besehen, bedeutet dies: Die Pachtbetriebe leben von der Substanz des Familienerbes von Caspar Manz.

Es folgen intensive Diskussionen zwischen Ljuba und ihrem Ehemann. Er müsse sein Privatvermögen von der Firma trennen, beschwört sie ihn. Er müsse die Einzelfirma des *St. Gotthard* in eine Aktiengesellschaft überführen. Und sie bestärkt ihn darin, für eine Neustrukturierung seiner Firmen und Hotels professionelle Hilfe in Anspruch zu nehmen. Noch im selben Jahr gründet Caspar Manz einen Beirat, der den Patron bei dieser Aufgabe unterstützen soll. Einsitz nehmen unter anderem der Bankier und Freund von Caspar Manz, Hans Syz, das Ehepaar Manz sowie der St. Galler Betriebswirt Rudolf Villiger. In dieser intensiven Zeit der persönlichen und geschäftlichen Neuausrichtung finden Caspar und Ljuba auch noch Zeit für eine wohlverdiente Reise – ein Trip mit Folgen.

In Ecuador besuchen sie einen Freund Caspars aus der Schulzeit in Trogen: Jacques R. Custer. Dieser ist mit Familie nach Lateinamerika ausgewandert und hat in Ecuador und Peru Handelsvertretungen für Schweizer Firmen wie Sulzer und heimische Uhrenhersteller aufgebaut. In Guayaquil, der ecuadorianischen Hafenstadt, das Tor zu den weltberühmten Galapagos-Inseln, bekommt Ljuba traumhafte Strände zu Gesicht. Aber kein einziges Hotel, das zum Verweilen einladen würde. «Lasst uns eins bauen», ruft Ljuba spontan aus. Und Jacques Custer spinnt den Gedanken weiter, meint, das könne ein wirklich lukratives Geschäft werden. Wieso ist vor Ljuba noch keiner darauf gekommen?

Auf dem Heimflug hat das Ehepaar Manz reichlich Gesprächsstoff. Caspar, vorsichtig und zurückhaltend mit grossen Investitionen, hat Respekt vor den hochfliegenden Plänen seiner Gattin. Woher auch soll er die fünf Millionen Franken nehmen, die für den Bau eines schönen Hotels zu investieren wären? Ljuba hingegen denkt pragmatisch: Er habe doch sicher fünf solvente Freunde, die in ein überzeugendes Konzept je eine Million Franken investieren würden, die sich erst noch von den Steuern abziehen liesse. Der Plan ist jedenfalls in die Welt gepflanzt – später wird daraus das Hotel *Oro Verde*, grünes Gold, in Guayaquil. Es ist die erste Manz-Hotelbeteiligung in Lateinamerika. Weitere werden folgen.

Zurück im Alltag in Zürich, steht Ljuba vor einer besonderen Herausforderung. Sie muss und will lernen, sich auf dem gesellschaftlichen Parkett ähnlich souverän zu bewegen wie ihr Ehemann. Sie bewundert dessen Welt- und Sprachgewandtheit, seine Stilsicherheit und seinen vollendeten gesellschaftlichen Auftritt. Ein Gentleman ist er, der den Knigge verinnerlicht hat, aus dem Effeff weiss, wann ein Mann von Welt Cutaway, Frack oder Smoking zu tragen hat. Als Ehrenmitglied der Académie Internationale du Vin kennt sich Caspar Manz bei Weinen aus wie kein Zweiter. Ljuba will auch in diesem Bereich auf Augenhöhe zu ihrem Mann kommen. Erst der souveräne Auftritt in Gesellschaft mache frei, pflegt Ljuba später zu sagen. Vorerst aber muss sie das lernen – im Gegensatz zu Caspar Manz ist ihr der Umgang mit der gehobenen Gesellschaft nicht in die Wiege gelegt worden. So begleitet sie ihren Gatten an Weinproben, lernt beim Degustieren allerhand über Geschmacksknospen. Dann schickt ihr das Schicksal einen Menschen, von dem sie einfach alles aufsaugen kann, was perfekte Gastfreundschaft für eine gehobene Kundschaft ausmacht.

Es geschieht kurz nach der Hochzeit am Strand auf Ischia. Dort lernt Ljuba zwei Damen aus dem deutschen Adel kennen: Teresa Prinzessin zu Fürstenberg, und Marianne Fürstin zu Sayn-Wittgenstein-Sayn. Letztere, die Freunde nur Manni rufen, wird für Ljuba eine Freundin fürs Leben. Und die hat Freude an der jungen Frau, die alles, aber auch alles über die gepflegte Lebensart begeistert in sich aufsaugt. Ljubale, pflegt Marianne zu sagen, alles, was sie nicht wisse, aber wissen wolle, könne sie fragen. Und Ljuba fragt. Und lernt. Manni weist sie in die hohe Kunst der richtigen Tischordnung ein. Erzählt alles über Weingläser. Wie Gästelisten zu erstellen sind. Zu welchen Anlässen welche Dresscodes gelten. Für Ljuba ist das eine Schule fürs Leben als Hôtelière.

All das gerät keineswegs zum lediglich theoretischen Nachhilfeunterricht in allen Fragen des Savoir-vivre. In Fuschl bei Salzburg besitzt Marianne Fürstin zu Sayn-Wittgenstein-Sayn ein Jagdhaus, in dem sie während der Salzburger Festspiele an fünf Sonntagen Tischrunden gibt, zu denen sie handverlesene Gäste einlädt. Immer dabei: Ljuba. Anfänglich ist alles noch familiär und überblickbar. Da stehen dann etwa Gunter und Mirja Sachs zusammen mit Ljuba am Herd, nach dem Essen wird gemeinsam abgewaschen. Am Abend, wenn alle Gäste gegangen sind, sitzen Ljuba und Gunter noch beisammen und philosophieren über ein Hobby, das beide pflegen: die Astrologie.

Mit der Zeit werden daraus aber immer grössere Gesellschaften, in denen Ljuba alles Erlernte praktisch anwenden kann. Mehr noch: Die Einladungen der Fürstin werden zu einem gesellschaftlichen Event – glücklich ist, wer dabei sein darf. Dadurch ergeben sich Bekanntschaften mit interessanten Persönlichkeiten oder auch Adligen aus ganz Europa, und Ljuba fällt auf, dass gerade Letztere mit offenen Armen auf sie zugehen – ganz im Gegensatz zu manch einem Zwinglianer im heimischen Zürich.

Dieser Umgang färbt natürlich auch auf das *St. Gotthard* ab. Im grossen Foyer oder in der *Hummerbar* trifft sich Prominenz aus der ganzen Welt: französischer und deutscher Adel, Politiker wie etwa Henry Kissinger, Willy Brand oder der österreichische Bundeskanzler Bruno Kreisky. Aber auch der Schah von Persien, der Verleger von Droemer Knaur oder Unternehmer wie Klaus J. Jacobs, Künstler wie Hildegard Knef, Placido Domingo und Isaac Stern. Einmal in der Woche speist Migros-Gründer Gottlieb Duttweiler in der *Hummerbar* und studiert dort bisweilen auch Akten. Viele Jahre ist der Schah von Persien, Mohammad Reza Pahlavi, regelmässiger Gast der *Hummerbar*, zeitweise auch in Begleitung seiner zweiten Frau Soraya. Nach ihrer Scheidung 1958 vom Schah bleibt die deutschstämmige frühere Kaiserin der *Hummerbar* treu und so lernt auch Ljuba eines Tages diese schöne Frau kennen. Gerne sitzt sie mit Soraya zusammen und lauscht den Geschichten über das Leben mit dem Schah. Ljuba wächst dieses Biotop von Gästen und Gastfreundschaft ans Herz. Das *St. Gotthard*, pflegt sie zu sagen, «ist mein Schatzkästchen, und die Gäste sind die Perlen darin». Und sie macht aus diesem Schatzkästchen einen Ort, an dem Konzerte und glanzvolle Dinners gegeben und mondäne Modeschauen gezeigt werden. 1978 führt unter anderem der italienische Designer und Marchese Emilio Pucci seine Mode im *St. Gotthard* der Zürcher Society vor. Es steigen aber auch rauschende Partys.

Zum Stadtgespräch in Zürich aber wird der russische Silvester, der nach altem gregorianischem Kalender jedes Jahr am 13. Januar gefeiert wird. Amüsiert, staunend bis bewundernd kommentiert die Presse, was sich an diesem Tag dort tut: «Eine Frau Hoteldirektorin, die in ihrem eigenen Fünfsternhotel für die hochkarätigen Gäste einen feurigen *Csardas* aufs Parkett legt, sieht man nicht überall und nicht alle Tage», kommentiert etwa der *Blick für die Frau*. Tatsächlich entsteht auch der russische Silvester im *St. Gotthard* dank einer Freundschaft Ljubas mit einem Hotelgast. Die russische Schauspielerin Vera Kálmán, Witwe des Komponisten Emmerich Kálmán, ist eine lebenslustige Dame, und eines Tages fragt sie ihre Gastgeberin: «Warum feiern wir hier eigentlich keinen russischen Silvester?» Ljuba ist von der Idee begeistert und engagiert umgehend eine Musiktruppe von Zigeunern. Es wird ein ausgelassenes Fest im privaten Rahmen – der erste russische Silvester in Zürich. Auf die Premiere folgt eine Wiederholung, und schliesslich wird dieser Event zur öffentlichen Veranstaltung, über die sich eine ganze Stadt auslässt – Russen aus ganz Europa reisen nach Zürich, und auch der russische Botschafter kommt von der Aare an die Limmat. Im *St. Gotthard* fliegen mitunter die Wodkagläser durch die Luft. In jedem Fall fliesst der Champagner, und es wird in rauen Mengen Kaviar gereicht. Dann schwelgt die russische Seele zu den traditionellen Klängen des Don-Kosaken-Chors und Professors Petja Houdjakov. Manchmal, wenn der Tanz besonders intensiv wird, findet dieser auch auf den Tischen statt. Für manche ist diese russische Art zu feiern gewöhnungsbedürftig. Die *Weltwoche* etwa sieht schon «ihren ernsthaften, pflichtbewussten Caspar, von allen geliebt und geschätzt, in eine Art östliche Glitzeroperette verstrickt». Das Ganze gipfelt in der Vermutung, die Hoteliersgattin nutze das renommierte Zürcher Hotel vor allem als Kulisse für ihre eigenen Auftritte.

Ein solches, meist unüberlegt dahingeworfenes Urteil über das Wirken von Ljuba im *St. Gotthard* greift entschieden zu kurz. Sie ist es, die Caspar Manz immer wieder darauf hinweist, dass nicht Pacht, sondern Besitz von Hotels die Zukunft von Familie und Erbe sichere– sie, als in Russland mittellos Aufgewachsene, weiss, wovon sie spricht. Eines Tages trifft

Ljuba in der *Hummerbar* auf einen befreundeten Hotelier, der verkündet, er müsse Caspar Manz sehen, er habe ihm ein Angebot zu unterbreiten. Das könne er auch mit ihr besprechen, sagt die Dame des Hauses. So erfährt Ljuba, dass der Besucher Eigentümer des Fünfsternehauses *De la Paix* in Genf ist und dieses nun verkaufen will. Unter anderem wegen der Ölkrise sei er finanziell etwas klamm. Ob Caspar Manz vielleicht Interesse hätte. Zu überlegen gibt es für Ljuba wenig. Zwar weilt ihr Mann im Ausland, doch sie unterschreibt noch am selben Abend einen Vorvertrag für den Kauf des Genfer Hotels und holt 100 000 Franken als Anzahlung aus dem Tresor. Dieses Geld, verkündet sie dem Besucher, könne er behalten, sollte Caspar Manz von dem Vertrag zurücktreten wollen. Was dieser natürlich nicht tut, und so werden die Manz' neben dem Zürcher *St. Gotthard* und dem *Hotel Continental* in Lausanne zu Besitzern eines weiteren Kronjuwels der Schweizer Hotellerie – diesmal am Lac Léman. Auch mit der Connessa in Basel geht es voran. Ljubas Firma für Comestibles und Delikatessenimport findet vom ersten Tag an ihre Kundschaft. Schon nach einem Jahr schreibt ihr ein Verwaltungsrat: «Ich möchte Ihnen noch sagen, dass mich das Resultat Ihrer Arbeit, wie es in der vorgestrigen Verwaltungsratssitzung zutage trat, stark beeindruckte. Unter den herrschenden Umständen ist der Erfolg beachtlich, und ich gratuliere Ihnen dazu bestens.»

Ende der 1970er Jahre tritt für Ljuba die Geschäftswelt in den Hintergrund. Sie ist schwanger – darauf hat das Ehepaar sehnlichst gewartet. Es sind Zwillinge. Zwei Buben – mögliche Nachfolger auch für den dynastisch denkenden Caspar Manz. Am 22. Juni 1980, einem Sonntag, kommen sie auf die Welt. «Wir freuen uns über die Geburt unserer Buben Alexander und Michael», heisst es in der auf cremefarbenem Büttenpapier gedruckten Geburtsanzeige. Ljuba zieht sich in den Aargau zurück, in ihr Landhaus bei Dornegg, um sich ganz den Säuglingen zu widmen. Es ist eine intensive Zeit für die vierzigjährige Mutter.

Was sie sich zur Geburt der Zwillinge wünsche, fragt Caspar sie. Ljuba überlegt keine Sekunde: «Das Hotel *Euler* in Basel», sagt sie wie aus der Pistole geschossen. Vor Jahren war Ljuba während ihrer Zeit bei Top Coq noch aufgebracht vor einem aufdringlichen Küchenchef aus diesem Etablissement geflüchtet – damals hatte sie die Faust gen Himmel gereckt und sich geschworen, dieses Haus einmal zu kaufen. Nun steht das *Euler*, wo einst unter anderem gekrönte Häupter aus ganz Europa genächtigt haben, doch tatsächlich zum Verkauf – der letzte Erbe des 1867 in unmittelbarer Nachbarschaft des Basler Bahnhofs erbauten Hotels will nicht mehr. Es ist ein grosser Moment für Ljuba und Caspar, als sie den Kaufvertrag für das Fünfsternehaus und gleichzeitig den Pachtvertrag für das angrenzende Hotel *Metropol* unterschreiben. Die beiden dazugehörigen Personalhäuser baut Ljuba in der Folge zu dem Dreisternehaus *Central* aus, dem heutigen *City-Inn*. Und auch das angrenzende *Helvetia* kauft sie dazu. Damit kann das *Euler* seinen Zimmerbestand von 60 auf 100 erhöhen. Nun besitzt die CEM neben dem *St. Gotthard* in Zürich, dem *Continental* in Lausanne auch das *De la Paix* in Genf und das *Euler* in Basel: allesamt erste Adressen in den urbanen Zentren des Landes.

Ljuba kennt im Geschäft nur eine Richtung: vorwärts. Einmal, Mitte der 1980er Jahre, kommt ihr beim Rundgang im *St. Gotthard* eine Idee. Warum nicht die vorhandene *Brasserie* im Erdgeschoss in ein echtes *Wiener Caféhaus* verwandeln? Am dunklen nordischen Interieur des bestehenden Restaurants hat sie sich schon lange gestört. Sie vermisst im zwinglianischen Zürich die Grandezza der klassischen Wiener Caféhäuser, in denen täglich die Zeitungen aufliegen, traditionelle Mehlspeisen angeboten und diverse Kaffees wie grosse und kleine Braune oder Einspänner ausgeschenkt werden. So entsteht im *St. Gotthard* ein Bijou, ein Stück Wien. Ein Café mit mächtigen Fenstern, klassischen Rundbögen, Jugendstil an den Wänden, hohen Decken mit Kronleuchtern und natürlich original Wiener Caféhausstühlen von Thonet.

Über Nacht wird die Zürcher Bahnhofstrasse zum Hotspot österreichischer Kultur. Vom Schnitzel über den lauwarmen Apfelstrudel bis hin zur Schrammelmusik und zum Kaffee, der auf einem Tablett mit einem Glas Wasser serviert wird – alles ist original wienerisch. Und an den speziellen *Wiener Wochen* kommt Küchenpersonal vom Hotel *Sacher* nach Zürich, kocht in der *Hummerbar* Spezialitäten von der Donau. Im Gegenzug präsentiert sich das *St. Gotthard* mit seinen Austern und Hummern in der *Roten Bar* im *Sacher*. Jahre später erfährt Ljuba, dass das Wiener Café im Unterricht der renommierten École hôtelière de Lausanne als besonders gelungenes Beispiel für eine gastronomische Innovation gepriesen wird. Die Lehrer empfehlen ihren Schülern sogar, das Café in Zürich einmal in Augenschein zu nehmen.

Zur Eröffnung des *Wiener Cafés* in Zürich reist sogar der Oberbürgermeister der Donaustadt, Helmut Zilk, an – ein immer gern gesehener Gast im *St. Gotthard*. Auch andere Landsleute frequentieren nun das Café im *St. Gotthard*. Oftmals sitzt Ljuba mit Helmut Zilk mittags beim Lunch in der *Hummerbar*, auch an jenem Tag, «der die österreichische Republik erschüttert», wie der Wiener *Standard* urteilt. Am Abend des 5. Dezember 1993 wird der Oberbürgermeister in seiner Wohnung im 1. Bezirk Opfer eines Briefbombenattentats – seine linke Hand bleibt für immer verstümmelt. Gelegentlich stösst Ljuba im Foyer auf Gesichter aus ihrer eigenen österreichischen Vergangenheit. Da taucht etwa ein Anwalt namens Nicolaus Lehner auf oder auch Udo Proksch, zu dieser Zeit Besitzer des Cafés *Demel* in Wien – beide haben einst wie Ljuba an der Maturaschule Roland die Schulbank gedrückt. Proksch steigt in dieser Zeit mit einer munteren Männerrunde ab, dem Club 45, einer Art sozialdemokratisch angehauchtem Herrenclub, dem etliche Spitzen der österreichischen Wirtschaft angehören. Der Initiant Udo Proksch, ein Hochstapler, wird später weltweit zur Fahndung ausgeschrieben und 1996 wegen sechsfachen Mordes und Versicherungsbetrugs im Fall Lucona verurteilt.

Jetzt, wo Ljuba nach ihrer Mutterschaft zurück ist, verhärtet sich im Hotel eine schon lange spürbare Front. Je mehr sie sich wieder um die Geschäftsbelange der CEM kümmert, desto stärker spürt sie den Widerstand des alten Managements, mit dem Caspar Manz über Jahre zusammengearbeitet hatte. Die Hoteliersgattin stört ganz offensichtlich den Kreis dieser Herren, die stets aufgetreten sind, als gehörten ihnen die Hotels, die sie im Auftrag der Manz-Gruppe zu führen gehabt haben. In einem solchen Biotop schleichen sich Gewohnheiten ein, Trennlinien zwischen Mein und Dein weichen sich auf – besonders dann, wenn der Patron an einer wunderbar langen Leine führt. Ljuba aber schaut genauer hin. Stellt kritische Fragen, sie lässt sich längst nicht mehr als Protokollführerin für die Gespräche dieser Herren untereinander abspeisen, sondern ist mitbestimmender Faktor in dieser Runde. Nachvollziehbar in einer Phase, in der Caspar und Ljuba ihren Hotelbesitz stark erweitert haben. Der Patron aber steht irgendwie zwischen den Fronten. Natürlich bekommt er mit, dass sein Management es nicht goutiert, dass sich Ljuba in Geschäftliches einmischt. Natürlich ahnt er, dass sich diese Herren fragen, warum er, Caspar Manz, solches zulässt. Auf der anderen Seite weiss er, dass Ljuba für Familie und Firma nur das Beste will. Und schon so oft hat sie gezeigt, dass sie im Geschäft das richtige Gespür hat. Auch jetzt?

Ljuba liegt Caspar schon lange damit in den Ohren, dass sie denke, sie müssten ihre Hotels direkt führen können und nicht über ein illoyales Management. Nur das gäbe Transparenz und Kontrolle und sichere das Erbe für die nächste Generation. Solchen Argumenten kann sich Caspar Manz nicht verschliessen. Im Herbst 1986 werden alle Manz-Betriebe im In- und Ausland in eine Holdinggesellschaft zusammengefasst, die sich zu hundert Prozent im Besitz von Ljuba und Caspar befindet. Generaldirektor der Holding ist ein gewisser Raoul T. de Gendre. Dieser Manager, der zwölf Jahre lang das *Dolder Grand* als Direktor geleitet hat, kommt im April 1987 ins Haus, Ljuba ist Verwaltungsrätin im Unternehmen. Bald bekommt sie einen gewichtigen Mitstreiter im Verwaltungsrat der Manz-Gruppe. Pierre Arnold, der ehemalige Migros-Präsident, willigt ein, in das Gremium einzutreten. Ein Glücksfall für Ljuba, die in diesem Schwergewicht der Schweizer Wirtschaft einen weisen Ratgeber und klugen Freund zur Seite hat. Zu Caspar Manz sagt er über Ljuba: «Laisse la faire.»

Ruhe kehrt deshalb keine ein – im Gegenteil. Caspar und Ljuba erleben ein persönliches Waterloo. Und müssen schliesslich feststellen, dass leitende Angestellte und Freunde des Hauses eine infame Intrige anzetteln, die nur einen Zweck hat: sie beide aus ihren Hotels, ihrem Besitz, ihrem Erbe zu entfernen. Eine verworrene Geschichte, wie in einem schlechten Film. In Lateinamerika arbeitet Caspars alter Schulfreund Jacques Custer an ganz eigenen Interessen. Zu dem vor Jahren im ecuadorianischen Guayaquil gemeinsam gebauten Hotel *Oro Verde* sind inzwischen etliche Hotelbeteiligungen in verschiedenen Ländern des Subkontinents dazugekommen – und daran hält Custer knapp die Hälfte der Aktien. Nun schlägt er Caspar Manz ein neues Geschäft vor. Er habe fünf Millionen Franken, die sich in neue Hotels in Argentinien investieren liessen. Er, Caspar Manz, könne dieses Geld doch als sein eigenes deklarieren, für diesen Freundschaftsdienst würde Custer ihm eine Prämie von 100 000 Franken überweisen. Caspar Manz ist geneigt, den Deal einzugehen. Doch Ljuba ist die Sache nicht geheuer. Vieles ist ihr nicht geheuer. Schon lange beobachtet sie das Treiben von Custer mit Argwohn. Der ist geschäftlich eng mit Peter Brogli verbandelt, dem CEO und der rechten Hand von Caspar Manz bei der CEM-Inter in Lateinamerika. Und es geschehen seltsame Dinge. Ihre eigenen Aktien sind plötzlich nicht mehr auffindbar. Und genauso plötzlich schlägt Jacques Custer seinem Geschäftspartner Caspar Manz vor, Peter Brogli, den Chef der Hotelbeteiligungen in Lateinamerika, mit vier Prozent am gemeinsamen Aktienkapital zu beteiligen. Sein Argument: das würde den operativen Chef zu Höchstleistungen stimulieren. Ljuba bleibt misstrauisch und erkennt sofort: Wenn beide Partner zwei Prozent ihrer Aktien an Brogli abtreten, wird dieser mit seinen vier Prozent zum bestimmenden Faktor, zum Mehrheitsbeschaffer für Custer. Caspar Manz würde in eine unheilvolle Abhängigkeit, ja in eine Minderheitenposition gedrückt, sobald die beiden anderen Herren ein gemeinsames Päckli schnürten. Vor diesem Hintergrund stellt sich auch die Frage: Warum soll Caspar Manz 100 000 Franken erhalten, sofern er fünf Millionen Franken, die ihm nicht gehören, als eigenes Geld ausgibt? So agieren Leute, die Schwarzgeld anlegen und es weisswaschen wollen. Ljuba warnt ihren Mann. Er würde bei diesem Deal den Konflikt mit dem Gesetz riskieren und könnte persönlich angreifbar werden. Caspar

Manz lehnt die Deklaration der fünf Millionen Franken schliesslich ab, gibt aber Brogli 2 Prozent seiner Aktien und rutscht damit auf einen Anteil von 48 Prozent. Mit der Zeit wird klar, dass dies keine isolierte Aktion ist, sondern ein Bestandteil eines grösser angelegten perfiden Plans.

In Zürich spitzt sich nämlich die Situation mit dem neuen Generaldirektor Raoul de Gendre zu – er reüssiert nicht. Mehr noch: Caspar und Ljuba werden den Verdacht nicht los, dass er mit den alten Seilschaften gemeinsame Sache macht. Ljuba und der Verwaltungsrat Pierre Arnold beschliessen, den Generaldirektor zu kündigen. Das bringt den nächsten Stein ins Rollen. Ruchbar wird dies, als ihm Pierre Arnold den blauen Brief in die Hand drückt, der Geschasste über seinen Anwalt eine Abgangsentschädigung einfordert und es zum Prozess kommt. Der ist praktisch verloren, als Ljuba bei einem Nachtessen neben einem Anwalt sitzt, der sie im Laufe des Abends fragt, ob sie sich eigentlich bereits Einblick in ihre Fiche verschafft habe. Sie sei seinerzeit schliesslich als Russin in die Schweiz eingewandert – in den Hochzeiten des Kalten Kriegs. Naheliegend also, dass sie vom Schweizer Staatsschutz bespitzelt worden sei. So wie 700 000 weitere Personen im Land – Sozialisten, Gewerkschafter, Ausländer.

Kurze Zeit später hält Ljuba mehrere ihrer Fichen-Akten in den Händen. In der Tat ist sie über Jahre von Personen aus ihrem engeren Umfeld bespitzelt worden. Informationen, die vom Staatsschutz aufgeschrieben worden sind: Sie sei die Drahtzieherin im *St. Gotthard*, die alle Fäden in der Hand halte und es existierten eindeutige Beweise, dass sie Kontakte zum russischen Geheimdienst KGB pflege. Ljuba habe schliesslich im Hotel mit einem Russen Kontakt gehabt, dem die Nähe zum KGB nachgewiesen worden sei. Die Hôtelière habe zudem in der russisch-orthodoxen Kirche in Zürich einen prosowjetischen Russen als Bischof zu installieren versucht. Wörtlich notiert der Staatsschutzbeamte, was ihm ein Spitzel anvertraut hat: «Er wisse, dass Monsieur Arnold (der frühere grosse Patron der Migros) eine sehr vertrauliche und privilegierte Beziehung zu Mme. Manz habe (was auch immer das heissen mag) und er glaube, dass Mme. Manz Monsieur Arnold nicht wegen seiner schönen Augen möge, sondern weil er berühmt sei und ihr Kontakte zu wichtigen Leuten herstellen könne.»

Sogar der dem Wodka zugetane Manz-Buchhalter findet Erwähnung in den Fichen. An dessen Name könne sich der Spitzel nur schwer erinnern. Der habe das sinkende Schiff verlassen aus Angst, er könne der Komplizenschaft verdächtigt werden. Und nun müsse der Mann eine schlechter bezahlte Stelle annehmen. Am Schluss hält der Schreibende zwei Punkte fest, die vertieft geprüft werden müssten:

1) *ihre Liebe, ihr Lebensstil, ihre engen Kontakte zu den Russen und alles, was Russland betrifft*
2) *die Aneignung grosser Geldsummen und für wen und welchen Zweck das Geld gebraucht wurde*

Ljuba und Caspar Manz fordern den Sonderbeauftragten für Staatsschutzakten über ihren Anwalt auf, die Informanten preiszugeben. Zumindest einen Namen erhalten sie so: Raoul T. de Gendre, jenen des Generaldirektors, mit dem sie gerade in einen Rechtsstreit um seine Abgangsentschädigung verstrickt sind. Immerhin: Diese Zahlung wird durch den Fichen-Beweis obsolet – sie gewinnen den Prozess. Und Raoul T. de Gendre flieht nach Japan, bevor er dingfest gemacht werden kann. Nun fügt sich auch das grosse, dramatische Bild zusammen: In Lateinamerika hat der einstige Schulfreund Jacques Custer gemeinsam mit dem CEM-Inter-CEO Peter

Brogli einen hinterhältigen Plan ausgeheckt. Weil Letzterer als Honorarkonsul von Ecuador Immunität vor jeder Strafverfolgung geniesst, haben die beiden Herren versucht, den Patron Caspar Manz in illegale Geschäfte zu verwickeln. Wäre dieser in Lateinamerika mit dem Gesetz in Konflikt geraten, hätte dies leicht ungemütlich, möglicherweise sogar mit einer Gefängnisstrafe geahndet werden können. Für Caspar Manz. Nicht für die beiden Drahtzieher – diese hätten mit ihrer kumulierten Aktienmehrheit die Schwäche des Patrons ausnutzen und diesen in Lateinamerika aus dem gemeinsamen Geschäft drücken können. Eine nicht minder perfide Operation zettelt Manz-Manager Raoul T. de Gendre in der Schweiz an – er denunziert Ljuba als Spionin. Ein ernster Vorwurf in Zeiten des Kalten Krieges, der leicht hätte unangenehme Folgen haben können. Plötzlich passt alles zusammen. Diese drei skrupellosen Männer stecken unter einer Decke, handeln gemeinsam für ihre eigenen Interessen. Jacques Custer ist nämlich Pate von Sohn Mischa Manz und als Erbvollstrecker eingesetzt. Wären Caspar und Ljuba Manz nicht mehr in der Lage gewesen, ihre Geschäfte ordnungsgemäss zu führen – es wären drei Männer bereit gestanden, ihnen diese aus der Hand zu nehmen.

Caspar Manz ist schockiert, als all diese Vorgänge in seinem engsten persönlichen Umfeld nicht mehr zu leugnen sind. Sein Weltbild der Rechtschaffenheit liegt in Trümmern vor ihm. Einen Freund zu hintergehen, zu betrügen gar, liegt schlicht ausserhalb seiner Vorstellungskraft. Ljuba hat in ihrem Leben anderes erlebt. Im Krieg, in Zeiten der Entbehrungen, haben sie und ihre Familie auch menschliche Abgründe erlebt. Das hat auch Ljuba geprägt. Die beiden diskutieren. Mitunter heftig. Caspar Manz mag vieles nicht hören, nicht glauben, nicht sehen. Und irgendwann hat er ganz einfach genug. Er wirft den Bettel hin. Sagt zu seiner Frau: «Mach du weiter!»

Musikalisches Flair

Die Passion: Mäzenatin für Komponisten

Klassische Musik spielt im Haus Manz immer eine Hauptrolle. Die Musik ermöglicht Ljuba den Zugang zu grossen Kunstmäzenen wie dem Dirigenten Paul Sacher oder dem Bankier Hans J. Bär. Sie öffnet den Raum für Freundschaften zu Komponisten und Musikern von Weltniveau wie Slava Rostropovich, Mikhail Pletnev und Gidon Kremer. Und nicht zuletzt wachsen auch die Manz-Söhne in diese Welt hinein: Alexander und Michael werden von Weltstars der Klassik beeinflusst und erreichen als Pianisten selbst ein respektables Niveau.

Der 1. August des Jahres 1980 ist ein Freitag. Nach einem eher kühlen, unfreundlichen Start in den Sommer sind die Temperaturen endlich angenehm warm. An der Fahnenstange des familieneigenen Landhauses nahe dem aargauischen Dornegg flattert fröhlich das Schweizer Kreuz im Sonnenschein. Es ist ein Freudentag. Ljuba und Caspar Manz haben Familie und Freunde in ihr Privatdomizil eingeladen. Die Ankunft der Zwillinge Alexander und Michael begiesst die Gesellschaft mit Champagner.

Einige Wochen sind die Säuglinge schon alt, die Ende Juni das Licht der Welt erblickt haben. Eilig haben sie es gehabt, sind etwas zu früh in ihr Leben gestartet. Nun haben sich Mutter und Kinder von der Geburt etwas erholt. Caspar Manz hält die beiden «kleinen Bündel» zärtlich im Arm. Der Stolz steht ihm ins Gesicht geschrieben. Sein Traum, einen möglichen Nachfolger für das Familienunternehmen zu bekommen, ist gleich zweifach in Erfüllung gegangen. Das freut ihn umso mehr, da die vier Kinder aus erster Ehe wenig Interesse an der Weiterführung des Erbes gezeigt haben. Der älteste Sohn Christian arbeitet zwar in der Hotellerie und ist zeitweise bei der CEM-Inter in Ecuador tätig gewesen, ist aber in die USA ausgewandert, hat dort geheiratet und seine eigene Karriere aufgebaut. Die Zwillingstöchter Regula und Brigitte haben sich in der linken politischen Szene rund um die Zürcher Globus-Krawalle engagiert und lehnen das Establishment, zu dem sie wohl auch ihren Vater zählen, kategorisch ab. Und Oscar, der Jüngste, absolviert eine Lehre als Mechaniker. Dass er in die Fussstapfen des Vaters treten wird, ist mehr als unwahrscheinlich. Freude herrscht also auf dem Böhler an diesem Tag über die Ankunft von Sascha und Mischa, wie sie später liebevoll gerufen werden.

Auch Ljuba ist überglücklich, dass sie ihrem Mann diesen Kinderwunsch erfüllen konnte. Aufgrund ihres Alters, sie ist fast vierzig, hat der Arzt ihr Bettruhe verordnet. Während Monaten liegt sie in ihrem Landhaus, hört klassische Musik, vor allem von Johann Sebastian Bach, und liest viel. Häufig muss sie aber auch für längere Zeit das Krankenhaus aufsuchen. Dort wird sie von Professor Willy Georg Stoll betreut, einer Koryphäe auf seinem Gebiet.

Erst spät erfährt das Ehepaar Manz, dass Ljuba Zwillinge erwartet. Der 22. Juni 1980, ein Sonntag, ist ein verregneter Tag, so wie die Wochen zuvor. Ljuba liegt wieder einmal im Spital.

Bereits in der Nacht haben die Wehen eingesetzt und die werdende Mutter mit Sorge erfüllt. Sie weiss: Die Babys wollen zu früh kommen, und das birgt Risiken. Ihrem Mann hat sie dies verschwiegen – sie liegt schliesslich medizinisch gut versorgt im Spital Aarau und als klar ist, dass die Geburt unmittelbar bevorsteht, vertraut sie auf das Können der Ärzte. Caspar Manz hat an diesem Tag einen gesellschaftlichen Termin in seiner Agenda eingetragen; er besucht ein Radrennen. Danach eilt er sofort ins Spital, um seine Frau zu besuchen. Er findet jedoch nur ein leeres Krankenzimmer vor. Ganz Gentleman, setzt er sich still in den Besuchersessel neben dem Bett und wartet geduldig. Als eine Krankenschwester den Raum betritt, erspäht diese den einsam dasitzenden Mann und eröffnet ihm die freudige Botschaft: «Herr Manz, Sie haben Zwillinge, zwei Buben.»

Die erste Zeit nach der Geburt verleben Mutter und Kinder im Aargau. Die Zwillinge sind zart, von fragiler Statur und benötigen viel Aufmerksamkeit und Pflege. Ljuba kümmert sich um die Babys, wird unterstützt von einem italienischen Kindermädchen. Ihre ganze Energie und Zeit widmet sie in der Folge ihren Frühchen. Fast drei Jahre brauchen Sascha und Mischa, bis sie in ihrer physischen Entwicklung Gleichaltrigen ebenbürtig sind. Intensive Zeiten, die der Mutter einiges abverlangen. Zum einen geniesst Ljuba das Zusammensein mit den Kindern, andererseits sind da die Geschäfte des Unternehmens, die ihren Tribut fordern. Etwa die Probleme rund um das Hotel *Euler* in Basel. Dieses haben Caspar und Ljuba Manz ja kurz nach der Geburt ihrer Söhne gekauft, ein Haus in grossen finanziellen Schwierigkeiten. Deshalb haben sie sich mit dem Kauf auch verpflichtet, offene Verbindlichkeiten gegenüber den Lieferanten zu übernehmen. Bis das *Euler* wieder auf finanziell gesunden Beinen steht, vergeht viel Zeit und für

Ljuba wird dies zur Doppelbelastung zwischen Heim und Hotel. Um Ersteres kümmert sie sich vor allem nachts oder wenn die Kinder Mittagsschlaf halten. Manches Mal kommt sie dabei physisch und psychisch an ihre Belastungsgrenzen.

Die Sommer verbringt die Familie in ihrem Ferienhaus auf Ischia in Italien. Bereits vor der Geburt der Söhne haben Caspar und Ljuba Manz die Insel im Golf von Neapel regelmässig aufgesucht, nicht zuletzt wegen Caspar Manz' Arthrose in Hüft- und Kniegelenken. Die Bäder in den heissen Thermalquellen, die dem vulkanischen Gestein entspringen, lindern seine Beschwerden. Später kauft Ljuba dort ein Anwesen für die ganze Familie. So kommen Sascha und Mischa früh mit der italienischen Sprache, der Italianità und den einheimischen Kindern in Kontakt.

Hier, wo in den heissen Monaten des Jahres meist die Sonne scheint, kommt es bisweilen zu einmaligen Begegnungen, die besonderen Umständen geschuldet sind. Solchen wie diesen: Unweit von der Villa der Manz' auf Ischia entfernt lebt seit 1957 der britische Komponist Sir William Walton mit Gattin Lady Susana Walton. Zum Anwesen gehört auch ein parkähnlicher Garten, ein Juwel britischer Gärtnerkunst, den Lady Susana Walton hingebungsvoll pflegt. Nach dem Tod ihres Mannes gründet sie nicht zuletzt dank der Unterstützung von Ljuba eine Stiftung, die jungen Musikern und Komponisten die Möglichkeit gibt, sich in dem Anwesen La Mortella zu treffen und zu musizieren. Ein Engagement, für das Caspar und Ljuba Manz 1995 den Hausorden der italienischen Real Casa di Savioia erhalten, Ljuba wird zur Dama, Caspar Manz zum Cavaliere ernannt.

Zur Einweihung des Parks und des neuen Konzertsaals reist der gesamte neapolitanische Adel an, und aus England gibt sich gar His Royal Highness persönlich die Ehre: Prinz Charles als Chairman of Honour der Stiftung. Er ist nicht nur ein Musikfreund, sondern auch leidenschaftlicher Gärtner. Als Lady Walton ein Buch über ihren Garten schreibt, verfasst Charles das Vorwort. Beim Dinner sitzt Ljuba neben dem Prinzen und erfährt, dass dieser ein besonderes Schicksal zu tragen hat. Überall, wo er hinkäme, würde der Himmel sofort die Schleusen öffnen. Im Sommer Regen auf Ischia, entgegnet sie ungläubig, das gäbe es nicht. Als die Abendgesellschaft sich auflöst und vor die Tür tritt, wird sie von einem Platzregen überrascht. Prinz Charles schaut Ljuba triumphierend an und meint: «I told you!»

Die Winterheimat der Familie ist das bündnerische St. Moritz. Dort lernen die Manz-Sprösslinge Skifahren, dorthin nimmt Caspar sein Pferd mit, denn seiner Reitleidenschaft frönt er auch gerne im Schnee. Die Familie geniesst diese unbeschwerten Tage unter der Engadiner Sonne und beim White Turf, beim traditionellen Pferderennen, das seit dem Jahr 1907 alljährlich auf dem zugefrorenen St. Moritzersee ausgetragen wird. Einmal lässt Ljuba für die Eröffnungsfeier des White Turf sogar eine echte russische Troika auffahren. Die Fernsehaufnahmen zeigen sie und ihre Söhne bei diesem Spektakel: alle drei dick in Decken verpackt und mit stilechten Pelzmützen auf dem Kopf. Fröhlich winken sie dem Publikum zu, während sie im Schlitten über das Eis gleiten. Seit dieser Zeit ist Ljuba Mitglied des Evviva Polo Clubs St. Moritz, dessen Aktionäre jedes Jahr ihre Generalversammlung in der *Hummerbar* in Zürich abhalten.

Von Anfang an sind sich Ljuba und Caspar Manz einig: Die Erziehung der Kinder liegt in ihren Händen. Und sie weiss, was ihr Mann von ihr erwartet: Die Söhne sollen auf ein Leben als Hoteliers vorbereitet werden – wie das seinerzeit auch bei ihm selbst der Fall gewesen ist. Sascha und Mischa sollen also zu selbstbewussten Persönlichkeiten erzogen werden. Früh lernen, was es heisst, sich auf dem gesellschaftlichen Parkett sicher zu bewegen. Sprachen zu beherrschen, ist dafür eine unabdingbare Voraussetzung. So kommt ein italienisches Kindermädchen ins Haus und eine spanisch sprechende Köchin. Ljuba spricht mit ihren Kindern Russisch, der Vater Deutsch.

Es ist eine behütete Kindheit in ländlicher Umgebung im Aargau. Ein geräumiges Gebäude im traditionellen Bauernhausstil mit dazugehörenden Stallungen für die Pferde von Caspar Manz. Drumherum viel Natur. Hier wachsen die Buben auf. Die Zwillinge gleichen sich derart, dass es vorkommt, dass selbst der Vater seine Söhne nicht auseinanderhalten kann. Filmaufnahmen aus dieser Zeit zeigen die Söhne als Babys in ihren Bettchen. Familienglück beim gemeinsamen Mittagessen. Beim Herumtollen mit Papa auf grünen Wiesen vor blühenden Obstbäumen.

Als Sascha und Mischa grösser werden, beginnt Ljuba sanft, aber nachdrücklich die Weichen für die Zukunft und ihre Rolle als Hoteliers zu stellen. Die Buben sind sensibel. Haben die Musikalität aus Ljubas Familie Minin geerbt. Bald einmal wird ein russischer Hauslehrer eingestellt, mit sechs Jahren spielen die Zwillinge Geige und Klavier, aber auch Schach. Ljuba, in deren Kindheit solches ausser Reichweite gewesen ist, will ihren Kindern all das auf den Lebensweg mitgeben, was sie selbst entbehrt hat: eine heile, glückliche Kindheit, Geborgenheit, Bildung und uneingeschränkten Zugang zur Musik.

Weihnachten ist bei Familie Manz immer ein grosses Ereignis. Für Ljuba ist es wichtig, dass Sascha und Mischa die russische Sprache und Kultur kennen und verstehen lernen. Jedes Jahr lädt sie deshalb russische Kinder zu sich nach Hause ein. Vor der Perestroika ist das mitunter ein schwieriges Unterfangen. In der Schweiz leben zu dieser Zeit nicht viele Russen. Die meisten von ihnen sind Dissidenten. Deren Kinder versammelt Ljuba über die Festtage im Böhler, selbstverständlich organisiert sie auch einen russisch sprechenden Weihnachtsmann. Es wird auf Russisch gesungen, Gedichte werden rezitiert, und Geschenke gibt es natürlich auch.

Später feiert die Familie Weihnachten in St. Moritz, und dort entsteht eine neue Tradition: Jeweils am 27. Dezember laden die Manz' zum Weihnachtskonzert ins *Suvretta House* ein. Viele Jahre stehen dabei Sascha und Mischa im musikalischen Mittelpunkt – bis zum Jahr 2011. An diesem Tag ist die gesamte Familie Manz in freudiger Erwartung: Mischas erster Sohn wird geboren. Ljuba ist überglücklich, zumal der Junge auf den Namen Caspar getauft wird und damit die fünfte Generation in die Familie Einzug hält. Die Tradition der Weihnachtskonzerte aber wird bis heute fortgeführt: Inzwischen musizieren am Anlass junge Künstler, die Ljuba aus ihren verschiedenen Fördertätigkeiten kennt und die so zu einem Auftritt vor geladenem Publikum kommen.

Der Alltag der Zwillinge ist über das ganze Jahr auf ihre Ausbildung ausgerichtet. Spielerisch, aber mit durchkomponiertem Tagesplan wird im Hause Manz gelernt, geübt, gegessen und gespielt. Als die Buben ins Schulalter kommen, engagieren die Eltern einen Magister aus Österreich, der sie unterrichtet und selbst auf ihren Reisen begleitet. Später besuchen Sascha und Mischa das öffentliche Buchmann-

Gymnasium am Zürichberg, das sie mit der eidgenössischen Matura abschliessen.

Musik aber wird zum zentralen Thema in ihrem Leben. Ljuba scheut keinen Aufwand, Saschas und Mischas Talent zu fördern. Zunächst ist die Geige das Instrument der Buben. Eines Tages bauen sich die Sechsjährigen vor der Mutter auf und beteuern, sie wollten Violinisten werden und grosse Karriere machen. Deshalb benötigten sie bessere Geigen. Mit einem Lächeln auf den Lippen erkundigt sich Ljuba bei ihren Youngsters, ob sie denn wüssten, dass sie dann bis zu vier Stunden täglich üben müssten. Die Zwillinge nicken eifrig. All das wirkt derart überzeugend, dass die Eltern den Wunsch erfüllen. Später fühlen sich die Buben stärker zum Klavier hingezogen. Es werden Flügel angeschafft. Hört Ljuba ihre kleinen Pianisten spielen, löst dies Erinnerungen an ihre eigene Kindheit aus – noch Jahrzehnte später, sagt sie, gehörten diese zu den schönsten, die ihr geblieben seien: die seltenen Momente, in denen sie ihre Mutter Lydia glücklich erlebt hat. Dann nämlich, wenn diese auf Tante Mizzis altem Klavier gespielt und dazu mit Engelsstimme russische Volksweisen voller Sehnsucht gesungen hat. Lydia hat sich das Klavierspielen, so gut es gegangen ist, selbst beigebracht, und auch Ljuba hätte das gerne gelernt. Für Klavierstunden jedoch ist nie Geld da gewesen. Ihren Söhnen kann sie dies nun ermöglichen.

Klassische Musik – diese spielt für die Familie Manz nicht nur daheim eine grosse Rolle, sondern auch im Hotel *St. Gotthard.* Dort logieren nebst Privatpersonen Unternehmer und Künstler aus aller Welt. Von Letzteren fühlt sich Ljuba von jeher angezogen. Deren Welt ist ihr als einstige Tänzerin durchaus vertraut, schliesslich hat sie in ihren jungen Jahren viel Zeit mit Schauspielern, Sängern, Tänzern und Musikern verbracht. Und sie liebt klassische Musik. Im Hotel trifft sie auf

Menschen, denen es genauso ergeht. Grosse Namen in der heimischen Musikwelt. Paul Sacher etwa, der grosse Dirigent aus Basel, der für die *Roche*-Erben auch im Verwaltungsrat des Basler Pharmamultis sitzt. Oder Hans J. Bär, Privatbankier bei der familieneigenen Bank *Julius Bär* und Präsident der Zürcher *Tonhalle*. Aber auch auf die Schauspielerin Vera Kálmán, die einst mit dem 1953 verstorbenen ungarischen Komponisten Emmerich Kálmán verheiratet gewesen ist.

Vera Kálmán lernt Ljuba bereits kurz nach der Heirat mit Caspar Manz als Gast im *St. Gotthard* kennen. Nach dem Tod ihres Gatten macht es sich die Witwe zur Lebensaufgabe, dessen Werk lebendig zu erhalten – Kálmán hat vornehmlich Operetten geschrieben und gehört zusammen mit Franz Lehár zum Mitbegründer der silbernen Operettenära. Ist die Witwe in Zürich, logiert sie im *St. Gotthard*. Vera, eine schillernde Persönlichkeit, ist wie Ljuba russischer Herkunft, hat getanzt. Die beiden verbindet eine ähnliche Biografie, und sie werden Freundinnen fürs Leben. Vera Kálmán ist an der Seite ihres Mannes in die High Society aufgestiegen. Legendär sind die rauschenden Partys, die das Ehepaar in den 1940er Jahren als jüdische Emigranten in Paris oder New York gegeben hat. Bei Kálmáns zu Hause, erinnert sich die jüngste Tochter, hat sich die internationale Künstlerszene die Klinke in die Hand gegeben: «Marlene Dietrich und Erich Maria Remarque sassen oft bei uns in der Küche.»

Das Leben der im ersten Jahrzehnt des 20. Jahrhunderts geborenen gebürtigen Russin Vera Kálmán ist wie bei vielen ihrer Generation vom Zweiten Weltkrieg und vom Stalinismus geprägt. Sie macht es sich zur Lebensaufgabe, russischen Künstlern, die im Westen Fuss fassen wollen, zu helfen. 1974 stellt sie Ljuba Slava Rostropowitsch vor. Der gefeierte Cellist, Pianist und Dirigent ist einer der ganz Grossen in der klassischen Musik Russlands. Er möchte ein paar Jahre im Ausland leben und ist deshalb mit seiner Gattin, der Opernsängerin Galina Wischnewskaja, ausgereist. Ljuba ist fasziniert vom Genie dieses Künstlers, der nächtens seinen Wodka trinken und am nächsten Morgen ein unvergessliches Konzert geben kann. Eine schicksalshafte Begegnung, denn Rostropowitsch ist Schützling von Paul Sacher, der auf diese Weise auch in Ljubas Leben tritt.

Rostropowitschs Genie erkennt Sacher sofort. Dieser Künstler soll, so sein Wunsch, auch in Zukunft auf höchstem Niveau seiner musikalischen Passion nachgehen können – deshalb finanziert der Basler dem Russen ein Cello, dessen Qualität das Können des Musikers zum Klingen bringt: eine Stradivari für eine Million Franken. Aufnahmen von Klängen aus dieser Stradivari gehen am 11. November 1989 um die Welt. Es ist der Tag, an dem die Berliner Mauer fällt. Der stets auch politisch agierende Cellist bedankt sich auf seine Weise dafür, dass die Trennung zwischen Ost und West nun aufgehoben ist: Am Checkpoint Charlie sitzend, spielt er die *Cello Suiten* von Johann Sebastian Bach. Rostropowitsch hat mitunter auch Sinn für ironische Selbstinszenierungen. Einmal, an einem Geburtstag von Paul Sacher, dankt er seinem Mäzen: «Ihnen und Ihrer Familie, Herr Sacher, wünsche ich eine gute Gesundheit. Aber euch allen hier im Saal nicht – damit Paul weiterhin gute Geschäfte machen kann. Und mir wünsche ich eine Namensänderung – von Rostropowitsch zu Rochestropowitsch.»

Ljuba lernt Sacher an einem privaten Anlass kennen. Auf Anhieb ist sie eingenommen von Charme, Humor und der Präsenz des 1906 geborenen Dirigenten und Kunstmäzens, und sie bewundert auch dessen Lebensphilosophie. Diese dreht sich zu einem bedeutenden Teil um die Förderung von

Kunst, klassischer Musik und vor allem auch jungen Künstlern. Das Geld, das er hier ausgebe, sagt ihr Sacher einmal, sei wertvoll. Eine Haltung, die sich Ljuba zu eigen macht: Oft beherbergt sie Künstler im *St. Gotthard.* In späteren Jahren vergibt sie auch zahlreiche Kompositionsaufträge. Etwa an den russischen Komponisten Mikhail Pletnev oder den deutschen Ulrich Stranz.

So komponiert der fidele Bayer ein Klavierkonzert für den jungen amerikanischen Pianisten Tzimon Barto, das er Musik für Klavier und Orchester nennt. Den Auftrag dazu habe er, wie er der *Neuen Zürcher Zeitung* verrät, von «einer kunstbegeisterten Dame» erhalten – von Ljuba. Uraufgeführt wird das Stück am 5. Februar 1993 unter dem Dirigenten Christoph Eschenbach und mit Tzimon Barto am Klavier in der Zürcher Tonhalle. Es kommt gut an, wie der *NZZ*-Kritiker festhält: «Die etwa zwölfminütige Musik für Klavier und Orchester Nr. 2 besticht durch ihre formal klare Disposition ebenso wie durch die differenzierte Ausgestaltung des Details.»

Junge Künstler zu fördern als Teil einer Lebensphilosophie, wie das Paul Sacher Ljuba einmal erklärt hat, wird auch zu einem Fixpunkt in ihrem Leben, und dadurch bleibt sie mit dem Basler Dirigenten verbunden. Paul Sacher gründet 1993 in der Nachfolge des Collegium Musicum in Zürich das Collegium Novum, ein Ensemble aus freiberuflich tätigen Musikern, die sich der zeitgenössischen Musik verschreiben. Auch hier geht es darum, vor allem junge, unbekannte Komponisten und Musiker zu fördern. Ljuba offeriert dem Mäzen, für die Künstler in ihrer *Hummerbar* Après-Konzerte zu veranstalten.

Es sind bemerkenswerte Begegnungen, wenn Dirigenten wie Paul Sacher, Christoph Eschenbach und Franz Welser Möst mit Musikern und Komponisten in der *Hummerbar* zwanglos und entspannt beisammensitzen. Es wird gegessen, getrunken und gelacht, mitunter bis spät in die Nacht. Oft sind die Stars noch im Konzertmodus, und es entstehen ad hoc fröhliche Privatkonzerte. Etwa mit Christoph Eschenbach am Klavier, zu dessen Klängen Opernstar Thomas Hampson seinen warmen tiefen Bariton beisteuert. So lernt Ljuba eine Reihe von Künstlern mit Weltruf im ganz intimen Rahmen kennen und schätzen.

Sie weiss auch, was vor allem die aus der UdSSR angereisten Musiker dringend benötigen: eine bezahlbare Übernachtungsmöglichkeit. Für ihren Aufenthalt in Zürich erhalten die Künstler für Kost und Logis lediglich 100 Dollar pro Tag, und etliche von ihnen wären wohl froh, sie müssten dieses Honorar nicht angreifen. Ljuba macht dies möglich und offeriert den Musikern aus ihrer alten Heimat Verköstigung und Übernachtung im *St. Gotthard*. Auch in praktischen Fragen steht sie ihren Landsleuten zur Seite, etwa wenn es darum geht, gute Saiten zu kaufen oder auch einmal Windeln für den Nachwuchs zu organisieren.

Das spricht sich herum. Wenn Musiker oder Komponisten in Moskau ihre Koffer packen, um in Zürich ein Gastspiel zu geben, heisst es bald einmal: «Gehst du zu Ljuba?» Die so geschlossenen Freundschaften haben häufig über Jahre Bestand, und es kommen immer wieder neue hinzu. Die Besucher gelangen mitunter auf abenteuerliche Weise in die Schweiz. Aus Lettland kommt etwa der Virtuose Gidon Kremer mit Gattin Elena Baschkirowa in seinem Moskwitsch angebraust – dem damals einzigen in der UdSSR erhältlichen Fahrzeug –, auch er gefördert von Paul Sacher. Ljuba nimmt das Paar bei sich im Aargau auf, auch in der Zürcher Stadtwohnung in der Schipfe ist der Künstler gelegentlich zu Gast.

Und so kommt Ljuba in den Genuss, dem weltberühmten Geiger beim stundenlangen Üben zuzuhören. Dieser, heisst es, sei den Frauen ausserordentlich zugetan, deshalb habe er viele Verehrerinnen. Wie der Womanizer Freundinnen, Musen und seine Stradivari aneinander vorbeizuzirkeln pflegt, erfährt Ljuba aus erster Quelle. Wenn er nicht bei der einen sei, meine die Freundin, er sei bei der Muse, erzählt ihr Gidon Kremer, und umgekehrt. Doch die Damen, offenbart der Künstler mit einem glückseligen Lächeln, lägen falsch – er habe doch immer nur seine Stradivari im Arm und spiele und spiele.

Gidon Kremer ist eine eindrückliche Persönlichkeit mit einer tiefen Verbindung zur Musik. Diese will er nicht nur interpretieren, sondern während des Spiels spontan weiterentwickeln – jeder Auftritt wird so zum Unikat. Auf diese Weise inszeniert er zahlreiche Uraufführungen grosser zeitgenössischer Komponisten wie Alfred Schnittke, Arvo Pärt oder Sofia Gubaidulina. Und nach den Konzerten in Zürich geleitet Kremer diese in die *Hummerbar* zu Ljuba. Auch dies ist eine persönliche Verbindung mit Bestand. Kurz nach seiner Ankunft im Westen gründet er im österreichischen Lockenhaus ein bis heute alljährlich stattfindendes Kammermusikfest. Von Anfang an sponsert Ljuba diesen Event mit, bei dem sich Musikfreunde in ungezwungener Atmosphäre treffen, um in Ad-hoc-Formationen frei gewählte Werke aufzuführen. Auch Sascha und Mischa treten später dort und am *Schleswig-Holstein Musik Festival* unter Justus Frantz als Pianisten auf.

Einen weiteren grossen Freund der klassischen Musik findet Ljuba in Zürich: den Präsidenten der Privatbank Julius Bär, Hans J. Bär, auch Präsident der Zürcher Tonhalle-Gesellschaft. Regelmässig lädt er zusammen mit Gattin Ilse zu Après-Konzerten in sein Privathaus ein. Man kennt sich gut, die Familien Bär und Manz sind seit Jahren befreundet. Ljuba ist häufig Gast bei den Bärs – ein Glücksfall für den Bankier, ist sie doch Gesprächspartnerin für die russischen Musiker und leistet wertvolle Übersetzungsdienste. In seinen Memoiren *Seid umschlungen, Millionen* schreibt Hans J. Bär über diese Konzerte im privaten Rahmen: «Für mich waren der Besuch im Künstlerzimmer und die gemeinsame Tafel der Höhepunkt des Konzertabends. Die menschliche Seite der Künstler zu erleben, war für mich immer das Schönste. Der Gott auf der Bühne – oder doch zumindest das Genie – offenbarte sich von seiner menschlichen Seite mit seinen Geschichten, Anekdoten, Ängsten und Nöten.»

So wissen Insider, dass auch der grösste Star mit leidigen Alltagsproblemen zu kämpfen hat. So tritt etwa der Weltklasse-Cellist Slava Rostropowitsch bei seinen Konzerten gelegentlich ohne Socken auf. Der Grund: Seine Gattin Galina, eine Primadonna assoluta, sieht ihre Bestimmung einfach nicht darin, seine Socken zu waschen. Und der grosse Violinist Isaac Stern zitiert den finnischen Komponisten Jean Sibelius: «Über Musik kann man am besten mit Bankdirektoren reden, Künstler sprechen ja nur übers Geld.» Speziell sind mitunter auch die Zusammentreffen mit Leonard Bernstein, dem grossen amerikanischen Dirigenten und Komponisten, den Ljuba im Hause Bär kennen lernt. Jahre später, am 25. August 1987, trifft sie das musikalische Ausnahmetalent und den Nonkonformisten im *Schloss Fuschl* im österreichischen Salzkammergut wieder. Es ist sein fünfundsiebzigster Geburtstag. Ljuba geniesst gerade die Nachmittagssonne auf der Terrasse, als Bernstein in Sandalen auf sie zuschlendert und sie erkennt. Er bleibt stehen, beginnt zu plaudern. Irgendwann fragt sie, ob er wisse, dass die gesamte Regierung Österreichs im grossen Saal darauf warte, ihn zum Geburtstag zu ehren? Er winkt ab, sagt: «I don't care. Lass uns ein Glas Champagner trinken!». Und während die Honoratioren, darunter Kanzler Franz

Vranitzky, drinnen auf den Jubilar warten, stösst dieser an der Sonne mit Ljuba an.

Dass Ljuba Bernstein in Österreich trifft, ist kein Zufall. *Schloss Fuschl* im Salzkammergut ist ein im Renaissance-Stil erbautes ehemaliges Jagdschloss – heute ist der ehemalige Drehort der *Sissi*-Filme mit Romy Schneider ein modernes Fünf-Sterne-Hotel. Dort pflegt während der Salzburger Festspiele im Hochsommer die gehobene Gesellschaft abzusteigen – auch Caspar und Ljuba Manz. Das traumhaft gelegene Anwesen hätten sie kurz nach ihrer Hochzeit fast erworben. Im Jahr 1975 ist es nämlich zum Verkauf gestanden, und Caspar Manz hat die Geschäftszahlen vertieft analysiert. Zum Handwechsel ist es dann aber nicht gekommen. Der Grund: Dem Hotelier aus Zürich ist schnell klargeworden, dass der Betrieb mit dem traumhaften Anwesen, so wie sich ihm das Ganze damals präsentiert hat, nicht rentabel zu bewirtschaften ist. So frequentieren Caspar und Ljuba Manz das *Schloss Fuschl* weiterhin als gern gesehene Gäste.

Ein anderer treuer Gast der Salzburger Festspiele und im *Schloss Fuschl* ist auch die deutsche Schauspielerin und Autorin Lilli Palmer, die tagsüber an einem ihrer Bücher schreibt. Das Klappern der Schreibmaschinentasten ist im *Fuschl* nicht zu überhören. Auch für Ljuba ist der Musikevent ein fixer Termin im Jahreskalender. Hier treffen sich Künstler und Klassikliebhaber, hier lädt Ljubas Freundin Fürstin Marianne Sayn-Wittgenstein-Sayn jedes Jahr sonntags eine ausgewählte Gesellschaft zu Tisch, und als die Manz-Zwillinge grösser sind, dürfen auch sie in diese spezielle Welt eintauchen.

Die 1970er und die 1980er Jahre sind die Blütezeit der Salzburger Festspiele. Es dirigieren die ganz Grossen, neben

Leonard Bernstein auch Karl Böhm und Herbert von Karajan. Von diesen drei Göttern des Dirigentenstands wird in den Orchesterpausen allerhand Amüsantes kolportiert, so folgender Dialog: Böhm zu Bernstein und Karajan: Er habe geträumt, der Herrgott habe gesagt, er sei der grösste Dirigent. Daraufhin entgegnet Bernstein: «Ach was, er hat gesagt, ich sei der grösste Dirigent.» Daraufhin Karajan trocken: «Was soll ich gesagt haben?»

Herbert von Karajan ist in Salzburg in der Tat über viele Jahre der leuchtende Stern, der von seinem Publikum geradezu vergöttert wird. Und der stets elegant gekleidete, gut aussehende Dirigent weiss sehr wohl, was er seinen Fans schuldet. Fünfzehn bis zwanzig Vorhänge fordert er nach jeder Aufführung, während die Zuschauer rasend applaudieren. Und wenn genug ist, pflegt der Maestro mit einer eleganten Handbewegung seinen Schal in Position zu bringen. Jeder im Zuschauersaal weiss dann: Nun ist fertig applaudiert. Jetzt gilt es, schnellstmöglich in den *Hirschen* zu gelangen.

Dort, im Hotel *Goldener Hirsch*, gegenüber dem Festspielhaus, trifft sich die Gesellschaft nach den Vorstellungen. Meist ist es ein regelrechtes Gerangel um einen Platz an den begehrten Tischen, die gesamte Hautevolee reisst sich darum. Am Eingang wacht stets der legendäre Chef des *Goldenen Hirschen*, Johannes von Walderdorff, darüber, wer eingelassen wird und wer nicht. Eines Tages steht His Highness Karim Aga Khan IV. persönlich vor Walderdorff. Dieser schmunzelt, reicht dem religiösen Führer der ismailitischen Nizariten die Hand und meint: «His Highness? I'm Jo-hannes». Strahlender Mittelpunkt der Après-Gesellschaft ist Karajans schöne Ehefrau Eliette. Heiss ist es im *Hirschen* und eng dazu. Die Damen in ihren prachtvollen Abendkleidern kommen bei tropischen Julitemperaturen mitunter ziemlich ins Schwitzen. Die

Caspar hält seine Söhne Alexander und Michael im Arm. (1980)

Gastronom und Feinschmecker: Caspar im Restaurant Bouillabaisse.

Ljuba Manz.
© Graziella Vigo

Hotelkönig der CEM-Gruppe: Caspar Manz.

Der erste Enkel ist da: Michael mit Sohn Caspar und Ljuba. (2013)

Stolze MBA-Absolventen: Michael und Alexander Manz nach Abschluss des Studiums an der Mailänder Bocconi. (2005)
© Graziella Vigo

Cousine Ekaterina Tsvetkova.

Neffe Iwan Höpli. (1989)
© Graziella Vigo

Familienbild mit Hund: Michael, Alexander, Caspar und Ljuba (v.l.). (2008) © Graziella Vigo

Ljuba und Schwester Natascha Höpli. (2012)
© Graziella Vigo

Hotelpioniere in Ecuador: Jacques Custer (l.) und Caspar. (1975)

Verwaltungsrat Pierre Arnold (l.) und Unternehmersgattin Silvia Göhner (M.) mit Ljuba. (1988) © Graziella Vigo

Ljuba mit Freund und Verwaltungsrat Friedrich Jahn. (1998)

Engagiertes Gespräch mit dem
Bürgermeister von Wien, Helmut Zilk.

Pierre Arnold (l.) und der Präsident des Internationalen Olympischen Komitees Juan Antonio Samaranch (r.) eröffnen mit Ljuba das Restaurant Olympia im «Continental», Lausanne. (1999)

Zusammen mit Karl-Heinz Grasser, vormals Finanzminister von Österreich. (2018)

Gastredner im Russian Business Club: Wiktor Tschernomyrdin, russischer Ministerpräsident von 1992 bis 1998.

Mikhail Gorbatschow und Ljuba. (2011)

Besuch im «St. Gotthard»: Bundespräsident a.D. Christian Wulff und Ehefrau Bettina. (2016)

Carlos Andrés Pérez, Präsident von Venezuela und Rodrigo Borja Cevallos, Präsident von Ecuador (v.l.) werden vom Ehepaar Manz im «St. Gotthard» empfangen. (1989)

Regelmässige Gäste des «St. Gotthard»: Deutschlands Bundespräsident a.D. Walter Scheel mit Gattin Barbara.

Mit Gerhard Schröder bei einem festlichen Anlass. (2006)

Mit Boxweltmeister Vitaly Klitschko (l.) und Prinz Rovshan Shafi-Bey (M.). (2004)

Begeisterte Hummerbar-Besucherin: Die ehemalige persische Kaiserin Soraya.

Regelmässig zu Gast im «St. Gotthard»: Reza Pahlawi, früherer Schah von Persien.

Mit Graf Carl-Eduard von Bismarck und Marc Rich (r.). © Olaf Küng

Ljuba und Ivana Trump im Corviglia-Club, St. Moritz. (1992)

Im Gespräch mit dem Dalai Lama. (1991)

Förderin der Walton-Stiftung in Ischia: zusammen mit Franco Iacono, zwei Behördenvertreter und Lady Susana Walton (v.l.).

Verdienste um die Republik Österreich: Aurel Saupe, späterer Botschafter in Bern, überreicht Ljuba das goldene Ehrenzeichen. (1989)

Mit Marc Rich. © Olaf Küng

Titelblatt des österreichischen Magazins «Professionnelle»: Ljuba Manz. (1989)

Caspar und Ljuba bei der Ehrenkreuz-Verleihung der Ordini Dinastici Real Casa di Savoia. (1995) © Graziella Vigo

His Royal Highness Prinz Charles bei der Eröffnung der Fondazione Giardini La Mortella. (1991)

Ljuba stellt bei der Auszeichnung zur Dama der Real Casa di Savoia Prinz Emanuele Filiberto von Savoyen (l.) Prinz George Yourievsky vor. (1995)

Auszeichnung: an der Verleihung des Grossen Verdienstkreuzes des Deutschen Ritterordens St. Georg im «St. Gotthard». (2015) © Silvia Oberhänsli

Mit Fürst Albert von Monaco. (2011)

Inthronisation von Ljuba Manz zum Maître Restaurateur der Chaîne des Rôtisseurs durch Christian Roth, Bailli Délégué. (1992)

Verleihung des Fürstin Olga-Orden durch Kyrill I., Patriarch von Moskau und ganz Russland. (2016)

Erhalt der Suworow-Auszeichnung durch Patriarch Alexei II. († 2008), Patriarch von Moskau und ganz Russland. (2005)

Besuch der Stalin-Datscha in Moskau zusammen mit dem russischen Botschafter a.D. in Bern Dmitry Cherkashin.

Russisches Silvester im Hotel St. Gotthard, Ljuba und Marco Conte mit der Comtesse Huguette Cheremetieff und Comte Pierre Cheremetieff.
© Siggi Bucher

Mit Marchese Leonardo Frescobaldi und Bundesrat a.D. Hans-Rudolf Merz im «St. Gotthard». (2011)

Grandseigneur und Marchese Emilio Pucci eröffnet mit Ljuba die erste Fashionshow im «St. Gotthard». (1978)

Freundinnen fürs Leben: mit Schauspielerin Vera Kálmán. (1994)

Junifestwochenbesucher: Wiens Bürgermeister Helmut Zilk mit Gattin Dagmar Koller.

Einladung zum 100-Jahr-St.-Gotthard-Jubiläum.

Anschnitt der Geburtstagstorte anlässlich des 100-Jahr-St.-Gotthard-Jubiläums durch Ljuba und Caspar. (1989) © Graziella Vigo

Inniges Paar: Ljuba und Caspar. (1989)

Zusammen mit Mövenpick-Pionier Ueli Prager und Vera Kálmán. (1989)

Zusammen mit Gunter Sachs.

nz Maximilian zu Fürstenberg an der
0-Jahr-St.-Gotthard-Jubiläum-Gala. (1989)

Freundinnen im «St. Gotthard»: Baronin Riki von Gagern, Prinzessin Teresa zu Fürstenberg und Fürstin Marianne zu Sayn-Wittgenstein-Sayn (v.l.).

Prinzessin Lilly und Prinz Constantin von Liechtenstein und Baron Eduard Falz-Fein (v.l.) mit Ljuba und Caspar an der 100-Jahr-St.-Gotthard-Jubiläum-Gala. (1989)

Familie Manz am 80. Geburtstag von Caspar Manz zusammen mit den Festrednern Unternehmer Klaus Jacobs (l.) und dem Hotelleriesuisse-Präsidenten Christian Rey in der Zürcher Tonhalle. (2003) © Graziella Vigo

Konzertpianisten Alexander und Michael in der Zürcher Tonhalle. (2003) © Graziella Vigo

Hielt die Laudatio am 80. Geburtstag von Caspar: Bundespräsident a.D. Walter Scheel mit Gattin Barbara Scheel. (2003) © Graziella Vigo

Christian und Jackie Manz. (2003) © Graziella Vigo

Ehepaar Manz am 120-Jahr-St.-Gotthard-Jubiläum. (2009) © Sabine Dreher

Stadtmusik Zürich am 120-Jahr-St.-Gotthard-Jubiläum. © Sabine Dreher

Mutter und Söhne: Michael, Alexander und Ljuba am 120-Jahr-St.-Gotthard-Jubiläum. (2009) © Sabine Dreher

Festredner am 120-Jahr-St.-Gotthard-Jubiläum: Medienunternehmer Jürg Marquard. (2009) © Sabine Dreher

Ljuba und Unternehmerin Silvia Affolter am 125-Jahr-St.-Gotthard-Jubiläum. © Lukas Schnellmann

Zusammen mit Hans-Rudolf Merz, Bundesrat a.D., der am 125-Jahr-Jubiläum die Festrede hielt. (2014) © Graziella Vigo

Ljuba, Michael und Alexander, Enkel Caspar und der Präsident der Bahnhofstrassen-vereinigung Franco Savastano (v.l.) feiern 125 Jahre «St. Gotthard». © Lukas Schnellmann

Eingespieltes Team: Ljuba und ihre langjährige Assistentin Enrica Picciati. (2014)

Festredner unter sich: Präsident Hotelleriesuisse Guglielmo Brentel, Ljuba, Bun rat a.D. Hans-Rudolf Merz und Alexander beim 125-Jahr-St.-Gotthard-Jubiläum
© Lukas Schnellmann

Eröffnungsfeier The Ritz-Carlton Hotel de la Paix in Genf: Familie Manz, Amy McPherson, Präsidentin Marriott International, Herve Humler, Präsident Ritz-Carlton, VR Christian Rey und Hoteldirektor Guillaume Benezech (v.l.). (2017) © Graziella Vigo

Festredner Alexander Manz bei der Eröffnung des Ritz-Carlton Hotel de la Paix in Genf. (2017) © Silvia Affolter

Grossfamilie Manz: Zulfiya, Artur und Alexander, Caspar Junior, Ljuba, Marco Conte, Alexander Junior, Michael, Svetlana und Angela Ljuba (v.l.n.r.). © Graziella Vigo

Ljuba und Gatte Marco Conte.
© Graziella Vigo

Hochzeitspaar Manz-Conte im August 2014.
© Graziella Vigo

nostalgische Air Condition besteht lediglich aus einem simplen Pappkarton, mit dem sie sich Luft zufächeln. Und wenn sie sich ins Puderzimmer zurückziehen, schwingen sie ihre Röcke und schaufeln sich auf diese Weise kühlere Luft zu.

Von Salzburg verschiebt sich die Gesellschaft der Klassikfans gewöhnlich praktisch in corpore zum nächsten Grossevent, zum Höhepunkt des *Lucerne Festivals* in der Leuchtenstadt am Vierwaldstättersee. Auch hierher folgen die Musikfreunde dem grossen Meister Herbert von Karajan, der nach dem letzten Applaus in Salzburg in sein Privatflugzeug zu steigen und die Schweiz anzusteuern pflegt. Caspar und Ljuba Manz sind seit vielen Jahren Patronatsmitglieder des KKL in Luzern und natürlich jedes Jahr bei der Eröffnung anwesend. Auch im Jahr 2009, als Bundespräsident Hans-Rudolf Merz eine launige Eröffnungsrede hält. Mit Blick auf den gerade beigelegten Bankenstreit mit den USA wählt der Finanzminister geistreiche Worte des sanften Tadels. Die Musik spiele heute in Washington, London, Paris und Berlin, ruft er halb belustigt, halb empört in das Publikum, «und den kleinen Ländern wird der Marsch geblasen». Er erntet dafür begeisterten Applaus – auch von Ljuba, die den Bundespräsidenten nach dem Auftritt aufsucht und ihm zu dieser mit dem rhetorischen Florett vorgetragenen Rede gratuliert. Aus diesem ersten Kontakt entwickelt sich über die gemeinsame Passion für die klassische Musik mit der Zeit ein intensiverer persönlicher Austausch zwischen Hans-Rudolf Merz und Ljuba.

Ein solches musikalisches Umfeld inspiriert natürlich auch Sascha und Mischa Manz. Die regelmässigen Kontakte zu den Musikern, die im Hause Manz ein und aus gehen, die Passion der Künstler für ihre Instrumente – all das bekommen die Buben ungefiltert mit. Und so wird diese Welt allmählich zu ihrer. Sie nehmen Stunden bei sorgfältig ausgewählten Klavierlehrern. Die Grundlagen für das Piano lernen sie bei Ludmilla Kurtova, einer Absolventin des Moskauer Konservatoriums. Später ist der Rachmaninow-Spezialist Konstantin Scherbakov ihr Lehrer. Er kommt manches Mal zusammen mit seiner Frau, einer Geigerin, ins Hause Manz, und gelegentlich musizieren sie dann zu viert – Hauskonzerte der besonderen Art. Später, als Sascha und Mischa ernsthaft eine Karriere als Konzertpianisten anstreben, wird der gebürtige Georgier, Pianist und leidenschaftliche Pädagoge Professor Rudolf Kehrer zum musikalischen Mentor.

Künstlerische Hochleistungen erfordern mitunter fast unmenschliche Leidensfähigkeit. Das wird Ljuba wieder einmal bewusst, als sie durch ihre Freundin Vera Kálmán die russische Balletttänzerin Maja Plissezkaja kennen lernt. Eine denkwürdige Begegnung: Nach einer Aufführung des «sterbenden Schwans» von Camille Saint-Saëns in Wien besucht Ljuba zusammen mit Vera Kálmán die weltberühmte Primaballerina assoluta und den Star des *Bolschoi-Theaters* in deren Garderobe. Die beiden Frauen finden eine erschöpfte Künstlerin vor. Die Füsse sind geschunden. Unwillkürlich muss Ljuba daran denken, dass ihr selbst ein solches Schicksal glücklicherweise erspart geblieben ist – sie hat in jungen Jahren schliesslich auch einmal von einer Karriere als Primaballerina assoluta geträumt.

Maja Plissezkaja ist zu diesem Zeitpunkt fast siebzig Jahre alt, verheiratet mit dem russischen Komponisten und Pianisten Rodion Shchedrin. Und Ljuba und Maja bleiben im freundschaftlichen Kontakt bis an Majas Lebensende. Mehr noch: Als Sascha und Mischa mit sechs Jahren von Shchedrin komponierte, kleinere Stücke spielen, schickt Ljuba dem Künstler eine Aufnahme. Der ist begeistert und möchte die Kinder kennen lernen. So wird auch dieser grosse Komponist, der als Nachfolger Schostakowitschs gilt, einer der Freunde der Familie.

Manchmal führen auch Zufälle zu unverhofften Bekanntschaften, die zu Freundschaften werden. Als Ljuba einmal während der Ferien auf Ischia an einem Septembertag bei schlechtem Wetter mit ihren Buben am Strand spazieren geht, erspähen diese eine im Meer schwimmende Frau. Übermütig, wie sie sind, werfen sie mit Sand nach ihr – was die Dame im Wasser gar nicht lustig findet, lauthals beschwert sie sich. Das ruft Ljuba auf den Plan, die sich für ihre Kinder entschuldigt. Und plötzlich feststellt, dass sie dieses Gesicht schon einmal gesehen hat – in der Vorwoche in der Zürcher Tonhalle bei einem Konzert mit Musik des deutschen Komponisten Johannes Brahms. Die Frau im Wasser ist die berühmte russische Pianistin Elisabeth Leonskaja. Die beiden Frauen unterhalten sich, gehen Tee trinken und werden Freundinnen.

Mitte der 1990er Jahre werden die klavierspielenden Manz-Zwillinge gewissermassen entdeckt. Edmond de Stoutz, Dirigent des Zürcher Kammerorchesters, hört die Jungs bei einem Hauskonzert spielen und ist begeistert vom Talent der Zehnjährigen. Er lädt die beiden ein, in der Tonhalle zu spielen. Mischa spielt ein Klavierkonzert von Bach und Sascha eines von Haydn. Als Sascha jedoch zur Generalprobe kommt, stellt er fest, dass er statt dem verlangten G-Dur-Konzert ein D-Dur-Konzert geübt hat. Da beim Kammerorchester keine Bläser mitspielen, gibt es nun nur zwei Möglichkeiten – entweder muss es abgesagt werden, oder aber Sascha studiert das Konzert in G-Dur ohne Bläser in fünf Tagen ein. Er entscheidet sich für Letzteres und so können die beiden Konzerte auch auf CD aufgenommen werden. Als Ljuba ein Jahr später bei einem Radiointerview zum Thema Muttertag gefragt wird, welche Musik sie gerne hören würde, wünscht sie sich ebendiese CD.

Der Mutterstolz hat Folgen: Der Chef der Kulturabteilung des Schweizer Radios hört mit. So kommt es, dass die Zwillinge nach Basel in das Radiostudio eingeladen werden und dort ihre ersten Plattenaufnahmen machen. 1994, an ihrem vierzehnten Geburtstag, klingelt es an der Haustür – es ist der Chef des Radios, der den Jungs zu ihrer grössten Überraschung eine goldene CD überreicht.

Die Teenager besuchen nun das Buchmann-Gymnasium am Zürichberg. Dieses liegt in Fahrraddistanz zum neuen Zuhause in der Zwinglistadt, das Ljuba Mitte der 1980er Jahre gekauft hatte. Auf dieses Anwesen ist sie durch Zufall gestossen: Beim Durchblättern der Zeitung sticht ihr ein Inserat ins Auge – eine Villa am Zürichberg steht zum Verkauf. Rasch entschlossen ruft sie dort an, eine ältere Dame meldet sich. Ob sie vorbeikommen könne, fragt Ljuba, sie sei gerade in der Nähe. Und kurz darauf steht sie vor der Haustür. Es ist Liebe auf den ersten Blick: ein altes Anwesen aus der Jahrhundertwende, umgeben von einem herrlichen Garten. Ljuba möchte es kaufen. Sofort. Die Besitzerin mustert sie und sagt dann: Wissen Sie, die Villa, die einst neben unserer gestanden und einer Cousine meines Mannes gehört hat, war genauso schön. Sie hat sie verkauft, der neue Besitzer hat sie abreissen und Mehrfamilienhäuser bauen lassen. Das hat mein Mann nie verwunden. Ich gebe ihnen mein Haus eine Million Franken günstiger, wenn sie mir versprechen, es zu erhalten. Ljuba tut dies und erhält von der Besitzerin erst noch ein Darlehen zur Finanzierung. Als Caspar Manz aus dem Ausland zurückkehrt, staunt er nicht schlecht – wieder einmal hat ihn seine Frau mit dem Kauf eines Hauses überrascht.

Ljuba führt ein Leben im Eiltempo. Das intensive Geschäfts- und Gesellschaftsleben, die Erziehung der Kinder – das alles braucht Energie. Zusätzlich belastend sind auch Phasen, in denen ihr Mann oder die Kinder krank sind. Zeit für sich selbst findet sie wenig. Ist sie beim Coiffeur, hat sie dort Geschäftsunterlagen auf den Knien und liest. Manchmal ist sie einfach nur erschöpft, nachts kommen ihr gelegentlich auch die Tränen, und sie fragt sich, wie sie das alles schaffen soll. Sie habe den Herrgott um Hilfe gebeten, erzählt sie später einmal; er muss sie wohl erhört haben.

In schweren Zeiten hilft Ljuba ihr Glaube. Schon in ihren Wiener Jahren hat sie russisch-orthodoxe Messen besucht. Und sie hat auch für andere gebetet. In unmittelbarer Nachbarschaft der russisch-orthodoxen Kirche befand sich damals nämlich die russische Botschaft. Deren Angestellten waren allesamt zumindest offiziell stramme Kommunisten, damit Atheisten, zudem hat die sowjetische Regierung jede religiöse Betätigung verboten. Dass viel davon ideologische Fassade ist, erfährt Ljuba immer wieder, wenn sie zum Gebet in die Kirche aufbricht. Manch einer, der in der Botschaft seinem Job nachgeht, bittet sie: «Bete für uns mit.» Auch in Zürich existiert an der Kinkelstrasse in einer Zweizimmerwohnung ein kleiner Gebetsraum. Die Gemeinde zählt nur wenige Mitglieder, die Messen hält ein betagter Erzbischof namens Seraphim ab. Für Ljuba ist dieser kleine Raum Rückzugsgebiet, ein Ort der Ruhe. Dort tankt sie Kraft, betet zu Gott, zum Beispiel während Sascha über einen langen Zeitraum hinweg vom Herzspezialisten Professor Marko Turina betreut wird. Und als sie vom Oberhaupt der russisch-orthodoxen Kirche, Kyrill I., angefragt wird, ob sie das Präsidium der russisch-orthodoxen Kirche in Zürich übernehmen wolle, bekleidet sie dieses Amt ein paar Jahre lang. Sie will in Zürich eine unabhängige russisch-orthodoxe Gemeinde für die Zukunft sichern und kämpft dafür zu Zeiten des Kalten Krieges gegen wenig kooperative

Schweizer Behörden, die keinen auswärtigen russisch-orthodoxen Pfarrer bewilligen wollen – eine zeittypische Schikane. Allerdings haben sie Ljubas Ausdauer unterschätzt. Die Gemeinde existiert jedenfalls heute noch, und im Jahr 2016 erhält Ljuba für ihr Engagement den Fürstin-Olga-Orden, der ihr vom Patriarchen Kyrill I. in Zürich persönlich überreicht wird.

Ihre Söhne wachsen heran, der Freundeskreis, den Ljuba über die Musik um sich geschart hat, wird grösser. Bereits im Jahr 1978 hat sie in Moskau Mikhail Pletnev kennen gelernt, einen jungen Pianisten, kurz nachdem dieser den Tschaikowsky-Preis erhalten hatte. Kurz darauf trifft sie ihn in der Schweiz wieder – er gibt in Genf ein Konzert bei Lesley von Senger, und Ljuba lädt ihn nach Zürich ein. Als Mikhail Pletnev die Zwillinge zum ersten Mal spielen hört, ist er beeindruckt. Abends sitzt er bei Ljuba am Tisch und trinkt Tee. Die Konversation dreht sich um das Komponieren. Wie das wohl sei, sinniert Ljuba, wenn die Musik einfach aus dem Kopf sprudle wie bei Mozart. Pletnev lacht. Bittet um Notenpapier und fängt an zu schreiben: ein Stück für zwei Klaviere. Eine Partitur für Mischa, eine für Sascha. Und dann spielt er ihr vor, wie das gerade Komponierte klingen würde, wenn dann die Zwillinge ihre Partituren zusammen spielen. Ljuba ist beeindruckt. Am nächsten Tag gibt Mikhail Pletnev in der Tonhalle ein Haydn-Klavierkonzert, und als Kadenz spielt er spontan jene Melodie, die er am Vortag für die Zwillinge komponiert hat. Keiner im Saal kennt die Tonfolge, was bei den Kennern im Publikum ein Raunen auslöst. Nur Ljuba sitzt da und schmunzelt.

Für Ljuba sind das Stunden des Glücks. Die Musik, die unbeschwert-privaten Kontakte mit den Künstlern. Die Après-Konzerte nach den Tonhalle-Auftritten. Ein Highlight in ihrer Jahresagenda sind die Zürcher *Junifestwochen*. Das *St. Gotthard* ist seit vielen Jahren auf der gastronomischen Seite Partnerin der Stadtverwaltung, und diese lädt zur Eröffnung ins Zürcher Muraltengut ein. In den Jahren, als Thomas Wagner Stadtpräsident ist, begrüsst er seine Gäste zusammen mit seiner Ehefrau Denise am Eingang der Tonhalle. An der Eröffnung der Festspiele stehen Caspar und Ljuba Manz neben dem Gastgeber, und gemeinsam nehmen sie den Ehrengast, Wiens Bürgermeister Helmut Zilk und dessen Gattin Dagmar Koller, eine gefeierte Schauspielerin, in Empfang. Ljuba trägt eine Stola aus weissem Fuchspelz über ihrem Kleid. Als Dagmar Koller am Arm ihres Mannes den Tonhallesaal betritt, staunt sie nicht schlecht. Genau so eine Stola sei ihr heute bei einem Fernsehinterview abhandengekommen, wendet sie sich an Thomas Wagner. Eine heikle Situation für den verblüfften Stadtpräsidenten. Ljuba zögert nicht, lacht und legt Dagmar Koller ihre eigene Stola um die Schulter. Es müsse ein Irrtum sein, beruhigt sie die Schauspielerin. In Zürich werde nämlich nicht gestohlen. Die hier sei doch sicher die Ihre. Dagmar Koller nimmt Ljubas Stola gerne an. Thomas Wagner atmet durch, die beiden Damen werden Freundinnen.

Als Tonhalle-Präsident ist natürlich auch Hans J. Bär an den Junifestwochen engagiert, und er gibt bei dieser Gelegenheit jedes Jahr bei sich zu Hause eine private Einladung für Künstler, den Vorstand und die Direktion. Kulinarisches kommt auch hier aus der Küche des *St. Gotthard*. Hans J. Bär erinnert sich in seinen Memoiren: «Im Garten glimmte die Holzkohle in der Grillpfanne, die Kellner aus dem *St. Gotthard* bauten ein Buffet auf, Ljuba Manz warf noch einen prüfenden Blick auf die Fingernägel des Personals. Ich bilde mir ein, mit solchen Gesten dazu beigetragen zu haben, dass Künstler immer wieder gerne Station in Zürich machten.»
Derweil nimmt die Pianistenkarriere der Söhne den Lauf, den sich Ljuba erhofft hat: Die Zwillinge sind ehrgeizig und fleis-

sig. Während andere Teenager Fussball spielen und erste Liebschaften anbandeln, üben Sascha und Mischa viele Stunden an ihren Instrumenten. Für ihre Ausbildung und Erziehung ist den Eltern auch in anderen Disziplinen kein Aufwand zu gross. In den Sommerferien bekommen sie Schwimmunterricht von einem einstigen olympischen Medaillensieger. Nach dem Frühstück stehen dann zehn Kilometer Schwimmen auf dem Programm. Der Skilehrer ist ein ehemaliger Abfahrtsrennfahrer, die Schachlehrerin eine russische Grossmeisterin. Neben Italienisch, Spanisch, Russisch und Deutsch sprechen sie inzwischen auch Französisch und Englisch. Und sie sind Besitzer eines ansehnlichen Stapels an Auszeichnungen: Erste Preise bei Jugendmusikwettbewerben, regelmässig nehmen sie am *Concorso citta di Stresa* am Lago Maggiore teil, und auch am *Dranoff International Festival* für zwei Klaviere in Miami gewinnen sie einen ersten Preis.

Mit vierzehn Jahren geben Sascha und Mischa ein Mozart-und-Haydn-Orchesterkonzert im kleinen Saal der Zürcher Tonhalle. Die Eltern Manz sitzen im Publikum, geniessen diesen Moment. Viele weitere Konzerte folgen in verschiedenen europäischen Ländern. Einige Jahre später spielen sie unter anderem als Konzertpianisten im Rahmen eines Abonnementskonzerts in der St. Petersburger Philharmonie zusammen mit ihrem Lehrer Professor Rudolf Kehrer vier Bach-Konzerte, komponiert für zwei, drei und vier Klaviere. Kehrer ist es auch, der den Zwillingen einen neuen Zugang zur Musik vermittelt. Ein philosophisches Verständnis, welches in der Musik beim Spiel gewöhnlich verschüttete Gefühlswelten offenlegt.

Die Jahre vergehen. Sascha und Mischa geben nun Konzerte an wichtigen Adressen. Häufig in St. Petersburg, in der Zürcher Tonhalle oder auch im grossen Konzertsaal am Moskauer Konservatorium. Und sie schliessen mit Auszeichnung am Winterthurer Konservatorium als Konzertpianisten ab. Noch immer getrieben von der Vorstellung, irgendwann einen Platz an der Weltspitze der Pianisten einnehmen zu können. Sie lernen bei ihren Auftritten aber auch die Besten der Besten am Klavier kennen: Martha Argerich etwa oder Evgeny Kissin. Letzterer ist neun Jahre älter als die Manz-Zwillinge und gilt als Wunderkind, das vom grossen Herbert von Karajan gefördert wird. Mit Kissin führen die Manz-Brüder lange Gespräche über vieles, was sie nachdenklich stimmt.

Sie hätten tiefe Einblicke in diesen Wanderzirkus der Weltspitze der klassischen Musik erhalten, sagen Sascha und Mischa später in einem Fernsehinterview. Und sie hätten sich gefragt, ob es wirklich das sei, was sie wollten: der beinharte Konkurrenzkampf, das unstete Leben, die Einsamkeit in den Hotelzimmern, die Selbstzweifel. Sie sehen, wie leicht manchem Star am Klavier das Spielen fällt, wie intuitiv diesen Genies vieles gelingt, was sie selbst sich hart haben erarbeiten müssen. Und sie wissen: Zu Hause wartet ein Familienunternehmen auf sie, das zu übernehmen und zu führen einmal der Leitgedanke ihrer Erziehung gewesen ist. Es ist ein schleichender Prozess, der schliesslich zu einer Entscheidung führt: Sie wollen den Namen Manz als Familienunternehmen in die Zukunft führen. Und das heisst auch: ihre Karriere als Konzertpianisten nicht weiterverfolgen.

Als sie dies ihren Eltern eröffnen, reagieren diese mit einem lachenden und einem weinenden Auge. Vor allem Caspar Manz, der seine ganze Hoffnung auf diese beiden jüngsten Söhne gesetzt hat, reagiert erleichtert. Dass Sascha und Mischa sich bereit zeigen, in die Familienfirma einzusteigen, heisst ja auch: Ljubas Saat, ihre Kinder im Sinne der Erbfolge zu erziehen, scheint Früchte zu tragen. Ein bisschen Wehmut, dass es keine Pianisten mit Namen Manz geben wird, mischt sich freilich unter die Freude. Doch nun gilt es, einen Ausbildungsplatz für diesen neuen Plan zu finden, nach der Musik geht es schliesslich darum, sich betriebswirtschaftliches Rüstzeug zuzulegen, um später in die *Manz Privacy Hotels* einsteigen zu können.

Im Jahr 2004 bestehen Sascha und Mischa Manz die Aufnahmeprüfung an der Università Commerciale Luigi Bocconi, einer privaten Mailänder Universität. Diese zählt auf ihrem Gebiet zu den weltweit besten Adressen. Dass die Wahl auf eine europäische Hochschule und erst noch auf eine italienische fällt, kommt nicht von ungefähr: Auf diese Weise bleiben die jungen Männer in Reichweite der Familie und können ihre von klein auf gelebte Liebe zu Italien und ihre Italianitá ausleben. Für ein Auslandssemester zieht es die Zwillinge nicht etwa nach Harvard in den USA, sondern nach Peking in China, und so erweitert sich ihr Sprachenschatz auch noch um etwas Chinesisch. Sascha macht den MBA in Marketing, Mischa in Finance. Zwei komplementäre Fächer, die ihnen ermöglichen, auch in der Leitung des Familienunternehmens zukünftig als Duo zu funktionieren. 2005 schliessen sie diese Ausbildung ab. Nach einem Lehr- und Wanderjahr, das sie unter anderem in Paris in der Verwaltung der Taittinger-Gruppe verbringen, werden sie 2006 Mitglieder der Geschäftsleitung der *Manz Privacy Hotels*.

Noch ein letztes Mal holt sie kurze Zeit später ihr altes Pianisten-Leben ein. Ein paar Jahre zuvor hat Ljuba Mikhail Pletnev auf die Idee gebracht, ein Konzert für zwei Klaviere zu komponieren: eine Auftragskomposition, eine Ode an die Schweiz. Pletnev war zunächst wenig begeistert. Die Schweiz, meint er, habe einfach zu wenig grosse Melodien. Doch nach einigem Einhören in Schweizer Volksmusik entdeckt er musikalische Themen, die klassisch zu verarbeiten es sich lohnen könnte. Mikhail Pletnev komponiert das Klavierkonzert *Fantasia Helvetica* für zwei Klaviere und Orchester. Uraufgeführt wird es 2006 zusammen mit dem Orchester Musikkollegium Winterthur, an den Pianos Sascha und Mischa Manz. Diese hätten mit «offensichtlichem Spass und viel Verve das abwechslungsreiche und humoristische Werk» gespielt, schreibt die *Zürichsee Zeitung* anerkennend. Auch das *St. Galler Tagblatt* ist begeistert: «Keine Frage: Pletnev kann komponieren. Seine Fantasie ist aber nicht nur effektvolles Machwerk, sondern verrät vertiefte Auseinandersetzung mit der Schweizer Musik. Dass er den Volksliedern eine Art kleine Alpensinfonie als Ode an die schöne neue Heimat voransetzt, macht das Werk nochmals reizvoll.»

Mikhail Pletnev selbst ist jedenfalls ein grosser Fan der *Fantasia Helvetica*, so sehr, dass er sie im nächsten Jahr noch einmal aufführt. Der Anlass: Der Komponist feiert seinen fünfzigsten Geburtstag. Das Konzert, das er dirigiert, wird in der Moskauer Philharmonie im Tschaikowsky-Konzertsaal gegeben. Auf der halbrunden Bühne an den zwei Steinways: erneut Sascha und Mischa Manz. Ein Ereignis, das in ganz Russland im Fernsehen ausgestrahlt wird. Im Publikum sitzen, aufgeregt, stolz und glücklich: Ljuba und Caspar Manz. Das ist der Moment, auf den Ljuba siebenundzwanzig lange Jahre gewartet hat.

Etwas über zehn Jahre später kommt das Stück wieder in die Schweiz zurück. Mit Stanislav Kochanovsky am Dirigentenpult wird es gewissermassen als verspätetes Geburtstagsgeschenk für Ljuba am *Verbier Festival* Ende Juli 2018 gespielt: an den Klavieren Martha Argerich und Mikhail Pletnev. Und im Publikum: Sascha, Mischa und Ljuba Manz.

Ökonomische Kraft

Das Vermächtnis: Hotelunternehmerin zwischen Limmat und Rhône

Ljuba Manz ist nun operative Chefin. Für die Männer in ihrem Verwaltungsrat und manche Journalisten ist dies gewöhnungsbedürftig. Die Kritiken verstummen erst, als sie den Kern des Familienbesitzes herausgeschält und profitabel gemacht hat. Immer pflegt sie auch ihre russischen Wurzeln. In Zürich ist sie Anlaufstelle für viele Landsleute, und in Russland knüpft sie Kontakte bis in die höchsten Sphären des Staates.

Mach du weiter! Nicht lange nachdem Caspar Manz seiner Frau diese Worte zugeworfen hat, jetzt, an einem Mittwoch dem 7. Juni 1989, sitzt der Hotelpatron über einem Brief an seine Mitarbeiter, der diese Absicht öffentlich machen soll: Er übergibt die Leitung des Familienunternehmens definitiv an seine Frau Ljuba. Der Entscheid sei ihm leichtgefallen, schreibt er, «weil ich die CEM-Gruppe meiner geliebten Frau anvertrauen kann. Sie hat sich jahrelang auf diese Aufgabe vorbereiten können, und ihr wird als Berater der von uns allen geschätzte und geachtete Herr Dr. h.c. Pierre Arnold zur Seite stehen.»

Auch Ljuba sitzt an diesem Tag in der gleichen Angelegenheit an einem Brief an die «lieben Mitarbeiterinnen und

Mitarbeiter». Sie schreibt: «Nach reiflicher Überlegung bin ich bereit, die Aufgabe, die Caspar mir anvertrauen will, zu übernehmen. In all den Jahren, die ich mit meinem Mann verbringen durfte, konnte ich viel von ihm lernen; sein Rat wird für mich weiterhin wertvoll sein.» Sie wisse auch, so die Unternehmerin weiter, dass sie Caspar E. Manz nicht ersetzen könne, hoffe aber dennoch auf die Unterstützung und Treue der Mitarbeiter. Denn sie habe vor, die CEM-Unternehmung auch zukünftig im Sinn und Geist ihres geliebten Mannes zu führen.

Wie es um die Unterstützung des Topmanagements steht, erfährt sie bereits bei der ersten Geschäftsleitungssitzung, die sie einberuft. Als einzige Frau sitzt sie acht Männern gegenüber, allesamt angestellte Hoteldirektoren und Regionalleiter. Und diese acht Herren, das spürt Ljuba sofort, sind keineswegs gewillt, die neue Chefin zu akzeptieren – sie haben schliesslich jahrelang ein nahezu unkontrolliertes Eigenleben führen können. Aber es kommt noch dicker: Die Herrenrunde droht offen damit, geschlossen die Firma zu verlassen, sollte sie doch tatsächlich die operative Führung für sich beanspruchen. Wie sie dann wohl allein weiterkäme? Galant, wie sich die Männer geben, hätten sie da schon noch einen Vorschlag. Zielführend wäre natürlich, das Management bei ihnen zu belassen. Es unter den Profis aufzuteilen. Statt es einer Unerfahrenen in die Hand zu legen. Ljuba begreift sofort: Sie, die neue Chefin, soll in der Vorstellung dieser Herren zu einer Art weiblichem Grüssaugust degradiert werden.

Das kann sie nicht zulassen. Sie sei die alleinige Chefin, sagt Ljuba und blickt in die Runde. Wer das nicht akzeptieren wolle, müsse halt gehen – dort sei die Tür. Die Herren stehen tatsächlich auf. Verlassen in corpore den Raum. Ein dramatischer Moment, wie man ihn nie mehr vergisst. Ljuba atmet zunächst einmal tief durch. Es steigen aber auch Gefühle in ihr hoch. Der Ohnmacht, der Wut, der Ratlosigkeit und der Einsamkeit. Und nun? Bei Lichte besehen, ist sie jetzt auf sich allein gestellt. Caspar Manz hat sich in den Aargau zurückgezogen. Er ist müde nach all den Jahren des Kampfes um seine Hotels und abgrundtief enttäuscht über das illoyale Verhalten einiger seiner Topmanager. Dass seine Frau nun mit einem ähnlichen Muster konfrontiert ist, sieht er schon. Aber Ljuba weiss, dass sie ihn damit nicht mehr behelligen kann und er sich auch nicht mehr engagieren mag.

Sie muss andere Lösungen finden. Unterstützung findet sie in den folgenden Jahren bei ihrem Verwaltungsrat Pierre Arnold. Beide sind sich einig, dass Handlungsbedarf besteht. Vieles ist über die Jahre in diese Hotelgruppe hineingeschwemmt worden. Auch solches, was nicht zwingend dorthin gehört. Ljuba will der Familienfirma wieder klare Konturen geben. Der Eigenbesitz von Hotels wie dem *St. Gotthard*, dem *Euler*, dem *Continental* und dem *De la Paix*, pflegt sie noch Jahrzehnte später zu verkünden, stehe über allem. Vor allem Ersteres ist gewissermassen das Symbol für das nun auf Ljubas Schultern liegende Vermächtnis: den Besitz in der Familie zu belassen und dereinst der nächsten Generation zu übergeben.

Diesem Ziel ist alles unterzuordnen, alles Überflüssige ist abzuschneiden. Zahlreiche Positionen im Management besetzt Ljuba nicht mehr – sie sind Teil eines über Jahre wuchernden Wasserkopfs gewesen. Viele Betriebe stösst sie ab, etwa die Einkaufszentrale Horego – es sind Firmen, die Teil einer nicht nachhaltigen Expansionsstrategie gewesen sind. Anderes muss verkauft werden, weil sich das wirtschaftliche Umfeld radikal gewandelt hat. So die Lagerbestände der Weinkellerei St. Gotthard, Weine im Wert von rund sechzehn Millionen Franken, die seinerzeit auf Kredit gekauft worden sind – jetzt aber, Anfang der 1990er Jahre, sind die Zinsen in kurzer Zeit um mehrere Prozentpunkte gestiegen, und das Weingeschäft ist mit solch hohen Zinskosten nicht mehr rentabel zu betreiben. Ljuba ist gezwungen, den gesamten Bestand an Landolt *Weine* und die Steinfels Weinauktionen zu verkaufen. Landgasthofbetriebe draussen im Land, die über die Jahre in Pacht übernommen worden sind, gibt Ljuba wieder an die Gemeinden zurück, andere Pachtverträge übernimmt die Zürcher Brauerei Hürlimann, wieder andere sind von den Pachtpartnern selbst aufgekündigt worden. Andererseits stärkt die neue Chefin die Position der Direktoren in den eigenen Hotels. Sie sind schliesslich die Gastgeber in ihren Häusern und sind in der Vergangenheit oft genug im Schatten selbstherrlicher Manager gestanden.

Ljuba, von jeher ausgestattet mit einem feinen Flair für Marketing, kreiert für diesen Aufbruch eine neue Dach- und Bildmarke für ihre Hotels. Zu sehen sind fünf aufsteigende, antike Säulen; darüber steht in goldener Schrift *Manz*. Die Symbolik ist augenscheinlich: fünf Säulen für fünf Hotels: *St. Gotthard*, Zürich; *Euler* und *Central*, Basel; *De la Paix*, Genf; *Continental*, Lausanne. Die aufsteigenden Säulen stehen für Aufbruch, Wachstum, Zukunft, der goldene Namenszug *Manz* ist das persönliche Qualitätsversprechen der traditionsreichen Hoteliersfamilie. Unter dieser Bildmarke steht der Claim: «Manz Privacy Hotels, Switzerland. Feel the Difference …» Privat und anders als andere, anders vor allem als die meist gesichtslosen internationalen Hotelketten: So sind die Manz-Hotels.

Jedes Haus, so will es Ljuba, soll individuell geführt sein und gehobene, weltgewandte Gäste ansprechen, die Wert auf persönlichen Service legen. Dafür nimmt sie auch Geld in die Hand. Im *St. Gotthard* wird die Hotelhalle umgebaut, das Restaurant *Prime Grill* eröffnet, es werden Sauna und Solarien eingebaut und die Zimmer renoviert. Mehr Eleganz wünscht sie sich und denkt dabei nicht nur an sich allein – die Bahnhofstrasse in Zürich soll das Image einer einzigartigen Flanier- und Einkaufsmeile bekommen. Wie die Champs-Élysées in Paris, die Fifth Avenue in New York. Zu diesem Zweck lanciert sie als Verlegerin das Hochglanzmagazin *Bahnhofstrassen Revue.* Darin werden Zürichs Prachtstrasse und deren Geschäfte, Hotels oder Cafés vom See bis zum Bahnhof nach allen Regeln der journalistischen Kunst in Szene gesetzt. Später gibt sie für ihre eigenen Hotelgäste das *Lobby Magazin* heraus und veröffentlicht darin Interviews mit prominenten Persönlichkeiten: etwa mit Schauspielern wie Tom Cruise und Halle Berry, mit dem Opernhaus-Direktor Alexander Pereira oder der Sängerin Kylie Minogue, aber auch mit Schweizer Unternehmern wie Werner Spross und Andy Stutz.

Natürlich hat auch die Presse davon erfahren, dass bei den *Manz Privacy Hotels,* in diesem für gewöhnlich männerdominierten Gewerbe, nun eine Frau die oberste operative Leitung übernommen hat. Und wie meist in solchen Fällen berichtet sie wohlwollend. Zunächst. Als «ungestüme Aufsteigerin im Schweizer Hotelgewerbe» wird Ljuba im Wirtschaftsblatt *Cash* betitelt, und das Magazin *Politik und Wirtschaft* attestiert ihr «einen guten Instinkt fürs Geschäft». Andere aber sind weniger wohlwollend: Sie sei eine Quereinsteigerin, die keine Ahnung vom Hotelbusiness habe, schreibt jemand – fünfzehn Jahre nachdem Ljuba einen Hotelier geheiratet und nachdem sie bereits zehn Jahre lang als Verwaltungsrätin geamtet hat. Besonders kritisch gibt sich das Zürcher Gastro-Magazin *Salz & Pfeffer*, ein Blatt, das zu dieser Zeit neben den gängigen auch besondere Finanzierungsquellen anzuzapfen pflegt:

Gastrounternehmen, die Bares lockermachen, um dem oft klammen Verlag etwas unter die Arme zu greifen, dürfen mit positiv-wohlwollender Berichterstattung rechnen. Mit einem derartigen Anliegen ist der für gewöhnlich die spitze Feder schwingende Daniel Eggli, Inhaber und Chefredaktor des Blattes, natürlich auch auf Ljuba zugegangen. Und beisst auf Granit. Ljuba lässt ausrichten, dass sie an einer finanzierten Berichterstattung kein Interesse habe. Sondern nur an einer realistischen, ohne vorgängigen Geldtransfer. Das kommt bei einem Selbstdarsteller und Provokateur wie Daniel Eggli nicht gut an. In jeder Ausgabe von *Salz & Pfeffer* schiesst er in seiner Kolumne nun scharf gegen Ljuba und schreibt gesalzen über das, was sich am «Zarenhof» im *St. Gotthard* angeblich so tut. Meistens aber ist es nur das, was sich aus dem Geraune von geschassten ehemaligen Manz-Managern zusammenreimen lässt. Was gut klingen muss, soll schliesslich nicht am Wahrheitstest scheitern. Auch das renommierte Wirtschaftsmagazin *Bilanz* feuert zur selben Zeit eine Breitseite gegen Ljuba und ihren Führungsstil ab und behauptet, die Hotelgruppe würde keine Gewinne erwirtschaften.

Als der distinguierte Caspar Manz dies liest, platzt ihm der Kragen. Erschüttert über diesen Umgang der Presse mit seinem Unternehmen, tut er etwas, was er unter normalen Umständen nie getan hätte: In der *Neuen Zürcher Zeitung* Ende Mai 1993 erscheint aus seiner Feder eine «Offene Botschaft der Manz-Hotels und -Restaurationsbetriebe». «Wie ist es möglich?», fragt er, «dass ein seriöses Presseprodukt einen tendenziösen Bericht allein auf Informationen von Personen abstützt, die aus unseren Betrieben nicht ganz freiwillig ausgeschieden sind und die uns erkennbar schaden wollen?» Das Manz-Unternehmen floriere sehr wohl und dies sei der «umsichtigen, zukunftsorientierten Geschäftsführung meiner Frau» zu verdanken, «einer Unternehmerin, die sehr bewusst, konsequent und wo nötig mit fester Hand führt». Der siebzigjährige Patron nimmt dabei sogar seine Geschlechtsgenossen ins Visier und schreibt: «Noch ertragen viele Männer in diesem Lande keine weiblichen Vorgesetzten. Hier mag gelegentlich auch einer der Gründe liegen, weshalb häufiger als üblich ein höheres Kadermitglied ausscheidet und sich – vielleicht aus verletztem falschem männlichen Stolz – uns gegenüber illoyal verhält.»

Ljuba sind geschriebene Worte in der Zeitung nicht genug. Den *Salz & Pfeffer*-Chef Daniel Eggli stellt sie zur Rede, sie will wissen, warum er derart unzimperlich auf sie losginge. In einem Anflug von Ehrlichkeit entgegnet dieser, er könnte ja so viel Gutes über sie schreiben, aber die Leute wollten nun einmal den Klatsch lesen. Natürlich ist Ljuba mit dieser Antwort nicht besänftigt, muss sie doch davon ausgehen, dass Daniel Eggli keine Ruhe geben wird. Sie reicht gegen *Salz & Pfeffer* wie auch gegen die *Bilanz* diverse Zivil- und Strafrechtsklagen ein. Beide Presseerzeugnisse müssen in der Folge wegen Persönlichkeitsverletzung insgesamt 80 000 Franken zahlen: Ljuba gewinnt alle drei zivilrechtlichen Prozesse. Weiter müssen sich die Publikationen verpflichten, in Zukunft nichts mehr über Ljuba und die *Manz Privacy Hotels* zu veröffentlichen. Dieser drastische, nun gerichtlich abgesegnete publizistische Maulkorb bleibt in den Medien praktisch unerwähnt – nur die *NZZ* berichtet darüber unter der Schlagzeile: «Teure Prozesserledigungen». Umso grösser ist dafür das mediale Interesse, als Gastrokritiker Daniel Eggli in einem weiteren Gerichtsfall vom Vorwurf der üblen Nachrede freigesprochen wird, und dies nur wegen eines Formfehlers in der Anklage.

Es gibt aber auch Freudiges in Ljubas erstem Jahr als Chefin des Unternehmens. Während sich die Zürcher offensichtlich mit einer Frau an der Spitze einer Hotelgruppe schwertun, kommt aus dem Ausland Applaus: Im Frühjahr 1989 erhält Ljubov Manz-Lurje vom österreichischen Staat das Goldene Ehrenzeichen der Republik Österreich, eine Anerkennung für besondere Verdienste für das Alpenland – Ljubas Wiener Café in Zürich, die Wiener Wochen, der Apfelstrudelwettbewerb oder die Schrammelmusik: All das hat bis an die Donau Wellen geworfen. Diese Wertschätzung Österreichs ihrer kulturellen Arbeit gegenüber wird ein paar Jahre später mit dem Titel Kommerzialrat noch einmal unterstrichen. Dieser wird Ljuba im Wiener Rathaus in einem festlichen Akt vom Bundesminister Wolfgang Schüssel verliehen.

Und dann gibt es da noch ein ganz anderes Datum, das es würdig zu feiern gilt: Das *St. Gotthard* wird 100 Jahre alt, und Ljuba wünscht zum Geburtstag keine zwinglianische Zurückhaltung, wie das im Hause Manz bei vergleichbaren Anlässen in der Vergangenheit der Fall gewesen ist. Eine rauschende Party soll es werden, die das *St. Gotthard* gebührend in Szene setzt. Natürlich kontaktiert Ljuba in dieser Sache ihre Freundin Marianne Fürstin zu Sayn-Wittgenstein-Sayn – niemand hat dafür ein besseres Händchen als sie, keine einen direkteren Draht in den europäischen Hochadel, den es natürlich nach Zürich einzuladen gilt. «Ljubale, Ljubale», sagt die Fürstin freudig, «wir machen ein grosses Fest.»

Es ist ein Stelldichein der besonderen Art. 120 Gäste sind geladen, darunter Fürst Constantin von Liechtenstein mit Gemahlin Lilly. Familienmitglieder der hochadeligen von Hohenlohe und Hohenzollern, Teresa zu Fürstenberg und die Esterhazys sind gekommen. Gunter Sachs mit Ehefrau Mirja, Industrielle wie Klaus J. Jacobs mit Gattin Renata, Verleger Jürg Marquard. Nicht zuletzt findet der Urenkel des russischen Zaren Alexander II., Hans Georg Yourievsky, den Weg bis nach Zürich und lernt dort erst noch eine ihm bis anhin unbekannte Cousine namens Serena kennen. Und mittendrin: Ljuba – die Hotelkönigin der Bahnhofstrasse. Sogar das Fernsehen ist da: In seiner Sendung *Adel verpflichtet* auf *RTL* berichtet der Adlige Eduard von Anhalt ausgiebig über diesen Gesellschaftsanlass des Jahres. Das ist beste Werbung für das Haus.

Auch Staatsoberhäupter steigen regelmässig an der Bahnhofstrasse ab. Caspar und Ljuba Manz freuen sich, als sich im Frühjahr 1989 der venezolanische Staatspräsident Carlos Andrés Perez anmeldet. Er trifft sich in Zürich mit dem ecuadorianischen Präsidenten Rodrigo Borja – beide logieren im *St. Gotthard.* Perez ist nicht nur aus beruflichen Gründen in Zürich, er möchte die Stadt in all ihren Facetten geniessen. Mitgebracht hat er nicht seine Ehefrau, sondern seine junge Geliebte, die er Ljuba stolz vorstellt. Die Chefin geleitet das Paar in seine Suite und demonstriert, wie die Fernbedienung des TV-Geräts funktioniert. Als sie den Fernseher anstellt, laufen gerade die Nachrichten, gezeigt werden Livebilder aus Caracas, wo gerade ein Aufstand ausgebrochen ist. Perez schaut hin, zögert keine Sekunde, rennt zurück zu seiner Limousine und lässt sich auf dem schnellsten Weg zum Flughafen bringen, wo sein Flugzeug steht. Kurz darauf ist er auf dem Rückweg nach Venezuela. Zurück bleibt eine aufgelöste Geliebte, die von Ljuba getröstet werden muss.

In aller Regel wissen die Mitarbeiter sehr wohl, wer zur erlauchten Klientel des Hauses gehört – aber manchmal sind da auch Zweifel. Eines Tages erhält Ljuba einen Anruf des Portiers. Der Mann ist äusserst aufgeregt. Er wisse nicht, was er tun solle. Vor dem Hoteleingang, erzählt er mit aufgeregter Stimme, stehe ein Bettelmönch und bitte um Einlass. Er wolle unbedingt sie, die Frau Manz, sprechen. Und er, der Portier, habe versucht, ihn zum Gehen zu bewegen, der habe sich aber einfach nicht abwimmeln lassen. Ljuba begibt sich also an den Empfang und traut ihren Augen nicht – vor ihr steht der Dalai Lama persönlich und bittet um eine Unterkunft. Natürlich kommt die Hôtelière diesem Wunsch nach. Mehr noch: Die Begegnung wird für Ljuba zum unvergesslichen Erlebnis. Hand in Hand sitzen der buddhistische Mönch und Ljuba, zu dieser Zeit Präsidentin der russisch-orthodoxen Kirche in Zürich, auf dem Sofa und sprechen über Religion – noch später erinnert sie sich an die Wärme, die von diesem ungewöhnlichen Menschen ausgegangen ist.

Weniger harmonisch gestaltet sich zu dieser Zeit das Geschäftsleben. Es gelingt Ljuba beispielsweise nicht, den Mietvertrag für das gegenüber dem *St. Gotthard* gelegenen *Simplon*-Hotels zu verlängern, obwohl sie sich sehr dafür einsetzt. Neu eingestellte Kaderleute erweisen sich gelegentlich als Fehlgriff, was das Personalkarussell am Laufen hält und die Presse zu Sprüchen mit hämischem Unterton animiert: mehr fliegendes Personal als bei der *Swissair* gebe es nur bei Ljuba Manz. Immerhin schaffen es mitunter auch besonnenere Stimmen in die Spalten der Presse. Pierre Arnold etwa, Verwaltungsrat bei den *Manz Privacy Hotels* und ehemaliger Migros-Chef, betont im Wirtschaftsblatt *Cash*, dass er jeden einzelnen Personalentscheid von Ljuba nachvollziehen könne und es richtig sei, sich von unrentablen Betrieben zu trennen.

Nicht erst seit sie Chefin ist, ist Ljuba Kompetenz im Verwaltungsrat ein besonderes Anliegen. So holt sie auch Friedrich Jahn ins Gremium, den seinerzeitigen Gründer und Besitzer der Hähnchenkette *Wienerwald.* Den Unternehmer hat Ljuba bereits zu ihren Basler Top-Coq-Zeiten kennen gelernt. Dass er ihr in den Anfangszeiten ihrer unternehmerischen Laufbahn mit dem Kauf von vielen Tonnen Hähnchen den ersten Grossauftrag verschafft hatte, hat sie ihm nie vergessen. Eines Tages trifft sie Jahn an der Rezeption des *St. Gotthard* wieder. Wie es ihm gehe, erkundigt sie sich. Und muss erfahren, dass der einst äusserst erfolgreiche Geschäftsmann inzwischen leider in Konkurs gegangen ist. Es sei ihm jedenfalls schon besser gegangen. Spontan offeriert sie ihm, bei ihr im Verwaltungsrat Einsitz zu nehmen; damit habe er auch wieder eine geschäftliche Stellung – Friedrich Jahn nimmt das Angebot an. Mehr noch: Während der Wiener Wochen im Wiener Café des *St. Gotthard* brät er eigenhändig Hendl. Auch zwischen Jahn und Arnold existiert eine Verbindung, von der Ersterer allerdings lange Zeit nichts weiss. Friedrich Jahn hat in den Jahren der Blüte des *Wienerwalds* im schwyzerischen Feusisberg ein geräumiges Hotel mit prächtiger Sicht auf den Zürichsee gebaut und angrenzend auch ein Haus für sich. Beides ist schliesslich in die Konkursmasse gelangt und von dort hat Pierre Arnold das Anwesen und die Anteile des Hotels herausgekauft. Im Verwaltungsrat von Ljuba lernen sich die beiden Herren kennen, und Pierre Arnold lädt den Vorbesitzer seiner Immobilie zu sich nach Hause ein. So kommt Friedrich Jahn wieder in das Gebäude, in dem er einst gewohnt hatte. Er gratuliert dem Hausherrn: Dieser habe das Haus noch viel schöner gemacht und er wünsche ihm, dass er bis zum Lebensende darin wohnen bleiben könne. Es ist der Beginn einer Männerfreundschaft. Für Ljuba sind Arnold und Jahn wichtige Sparringpartner in dem langen Prozess, in dem sie die Strukturen der Manz-Hotelgruppe wieder auf die fünf familieneigenen Hotels und einige Hotelbeteiligungen in Lateinamerika verschlankt und sie in einer neu gegründeten Managementgesellschaft bündelt. Ein Meilenstein der geschäftlichen Umstrukturierung, die für einmal ohne grosse öffentliche Aufmerksamkeit über die Bühne geht.

Ganz anders im Jahre 2003, als der *Tages-Anzeiger* auf der Front titelt: «Dem Boulevardcafé droht das Ende». Und weiter: Der Stadtrat habe «der Besitzerin, der Hotelgruppe von Ljuba Manz, die Bewilligung erteilt, das Café-Restaurant in einen Laden umzubauen». Und der *Tagi* weiss auch schon, warum dies so kommen könnte: «Mit Kleiderläden an bester Lage lässt sich viel mehr Rendite erzielen.» Ausgerechnet jenes Café, in das Ljuba so viel Herzblut gesteckt hat, soll jetzt dem schnöden Mammon wegen dichtgemacht werden? Ljuba «verweigert jede Auskunft», heisst es in der Zeitung – zu schlecht sind in der Vergangenheit ihre Erfahrungen mit der Presse gewesen. Dafür meldet sich der ehemalige Stadtpräsident von Zürich, Thomas Wagner, den Ljuba gut kennt, zu Wort. Ebenfalls im *Tages-Anzeiger* publiziert er einen offenen Brief an die «liebe Ljuba». Sie sei ihm als grosszügiger Mensch in Erinnerung, schreibt er, schliesslich habe er sie des Öfteren in Begleitung des Wiener Bürgermeisters Helmut Zilk im *Wiener Café* getroffen. Und sie habe es geschafft, wichtige Persönlichkeiten des öffentlichen, kulturellen und wirtschaftlichen Lebens ins *St. Gotthard* zu bringen. Nicht zuletzt wegen des Boulevardcafés. Und nun wolle sie dieses Wahrzeichen der unteren Bahnhofstrasse schliessen. «Nein», schreibt Wagner, «das darfst du nicht, das sollst du nicht». Sie möge darauf verzichten, bittet er, und er bietet ihr an, ihr dafür mit einem persönlichen Einsatz als Kellner zur Seite zu stehen. Er endet mit pathetischen Worten: «Dein Zürich wird dir dankbar sein.»

Was der *TA*-Schreiber und Thomas Wagner nicht wissen: Ljuba geht es hier nicht um höhere Renditen. Ihr Entschluss, die Räume des *Wiener Cafés* in Zukunft anders zu nutzen, hat ganz andere Gründe. Vorangegangen ist eine jahrelange Leidensgeschichte, und als ihr Entscheid feststeht, blutet ihr das Herz. Die Parkanlage hinter dem Schweizerischen Landesmuseum in Zürich, der Platzspitz, hat in der internationalen Presse traurige Berühmtheit als «Zurich Needleparc» erlangt. Hier etabliert sich eine offene Drogenszene, die Junkies aus ganz Europa anlockt – einen Steinwurf vom *Wiener Café* im *St. Gotthard* entfernt, getrennt nur durch die Bahnhofunterführung Richtung Landesmuseum. Plötzlich tauchen Drogenabhängige immer öfter auch im *Wiener Café* auf, nutzen die Toiletten, um sich dort ihre Spritzen zu setzen. Nicht selten steht ein Krankenwagen vor dem *St. Gotthard*, um einen bewusstlosen Junkie abzuholen. Ein unhaltbarer Zustand für Gäste in Hotel und Café. Ljuba heuert Türsteher an, installiert eine Drehtür und gibt an die Gäste Toilettenschlüssel ab. Und mit den Behörden streitet sie über bewilligungspflichtige Abschrankungen, die etwas Schutz bieten könnten. Derweil häufen sich Klagen, im Café würden Langfinger ihr Unwesen treiben, Gäste beklaut werden, und aus dem Rathaus erreicht Ljuba die Kunde, diese Probleme müsse sie selbst in den Griff bekommen.

Über die Jahre hat sie zahlreiche Anfragen für die Vermietung von Flächen für Ladenlokale stets abgelehnt und verkündet, sie seien schliesslich Gastronomen. Dann, im Jahr 2002, wird im Verwaltungsrat das Thema *Wiener Café* und der Platzspitz diskutiert. Es ist eine emotionale Sitzung. Das Ergebnis und die Analysen jedoch sind eindeutig: Ohne das *Wiener Café* wäre das Problem mit den ungebetenen Gästen aus dem Drogenmilieu einfacher in den Griff zu bekommen. Ljuba gibt jedoch nicht auf. Für ihr Café kämpft sie noch ein Jahr weiter – mitunter auch gegen die Meinungen in ihrem Verwaltungsrat. Dass von der Stadtregierung keine Einsicht, geschweige denn eine Hilfe für das offensichtliche Problem kommt, führt aber auch bei Ljuba zu einem schleichenden Meinungsumschwung. Schliesslich gibt sie auf. Am Ende geht alles ganz schnell und im Oktober 2003 ist das *Wiener Café* Geschichte. Vom Industriellen Klaus J. Jacobs kommt ein besonderer Kommentar zu diesem Entscheid. Jetzt, meint er zu Ljuba, sei sie wirklich eine Unternehmerin. Eine, die entscheidungsfähig ist, auch wenn es weh tut.

Das realisiert mit der Zeit auch das öffentliche Umfeld. Langsam verstummen die kritischen Stimmen, und es macht sich Respekt vor einer Unternehmerin breit, die in stürmischen Zeiten nie aufgegeben hat, eisern an ihrem Vermächtnis zu arbeiten: ihre Hotels überlebensfähig zu halten, um sie an die nächste Manz-Generation weiterzugeben. Ihre Überzeugung, nicht auf finanziellem Sand zu bauen, sondern nur mit selbst erwirtschaftetem Geld zu arbeiten, hat zwar die einst stattliche CEM Holding mit 160 Millionen Franken Umsatz in der Schweiz auf fünf, aber rentable Hotels im gehobenen Segment schrumpfen lassen – auch wenn diese fokussierte unternehmerische Haltung für manch einen Wirtschaftsjournalisten vielleicht zu wenig nach Aufbruch und Wachstum schmeckt, so ist sie doch erfolgreich. Selbst der Ljuba wenig zugeneigte Zürcher *Tages-Anzeiger* schreibt im Jahr 2009 auf den Stockzähnen: «Sie bestellt ihr Haus mit Umsicht und Raffinesse» und habe die Finanzen im Griff. In einem Fernsehporträt über Ljuba, das in der *SRF*-Sendung *Reporter* ausgestrahlt wird, spricht auch Caspar zum ersten Mal öffentlich über die Restrukturierungen in seinem Unternehmen: «Finanziell würde es uns nicht so gut gehen, wenn Ljuba damals nicht eingegriffen hätte, sie ist weitgehend dafür verantwortlich, dass wir uns heute dieses Leben leisten können.»

Ljuba hat immer auch das grosse gesellschaftliche Parkett im Blick behalten und stets persönliche Beziehungen in ihre alte Heimat Russland gepflegt. Bereits vor der Perestroika hat sie ja im *St. Gotthard* russische Gäste empfangen und Musiker aus der Sowjetunion beherbergt. Der traditionelle Russische Silvester, den Ljuba alljährlich in ihrem Hotel an der Bahnhofstrasse organisiert, ist für viele Russen im Ausland ein Fixpunkt in ihrer Agenda. Dass sich diese Verbindungen in den 1990er Jahren, nach dem Ende des Kalten Krieges, noch intensivieren, liegt auf der Hand. Russen reisen vermehrt, knüpfen überall in der Welt geschäftliche Beziehungen, und wenn sie in Zürich sind, steigen viele von ihnen im *St. Gotthard* ab.

Ljuba hat von jeher einen ausgeprägten Sinn für Networking. Schnell realisiert sie, dass die Öffnung der UdSSR grosse Chancen eröffnet – nicht zuletzt für ihr Hotel. Als Russin in der Schweiz kann sie zwischen den beiden Welten Brücken schlagen. In dieser Absicht gründet sie den Russian Business Club, den ersten seiner Art in der Schweiz. Dort treten anerkannte Referenten zum Thema auf: etwa der ehemalige Schweizer Botschafter in Moskau Walter Fetscherin, der russische Botschafter Dmitry Cherkashin, aber auch der Schweizer Armeechef Christophe Keckeis, und unter den Zuhörern sitzen Russland-Interessierte wie etwa der Zuger Rohstoffhändler Marc Rich. In diesem Zirkel im *St. Gotthard* tritt einmal auch der russische Politiker Wiktor Tschernomyrdin auf, und zwar in jener kurzen Zeit Ende der 1990er Jahre, als er als Nachfolger des damaligen russischen Staatspräsidenten Boris Jelzin gehandelt worden ist. Über die Vermittlung dieses Mannes kommen in der Folge zahlreiche hochkarätige Referenten aus Russland in den Business Club in die Schweiz. Dieser bleibt viele Jahre aktiv, und im Jahr 2009 wird er von Sascha Manz, aus der nächsten Manz-Generation, wieder zu neuem Leben erweckt.

So wird Ljuba Teil eines sich stetig vergrössernden russischen Netzwerks und gelangt gar in Kontakt mit Kreisen aus

St. Petersburg, zu denen auch Personen gehören, die später in Moskau an Einfluss gewinnen und in hohe und höchste politische und wirtschaftliche Ämter hineinwachsen – einer von ihnen ist der heutige russische Staatspräsident Wladimir Putin. Auch hier spielen, wie so oft, das Hotel *St. Gotthard* und seine Gäste eine Rolle. Langjährige und gern gesehene Gäste der Familie Manz sind unter anderem der ehemalige deutsche Bundespräsident Walter Scheel und seine Frau Barbara. Am achzigsten Geburtstag von Caspar Manz hält Walter Scheel die Laudatio.

Im Februar 2003 lädt Walter Scheel Ljuba zur Eröffnung der *Deutsch-Russischen Kulturbegegnungen* nach Berlin ein. Ein Grossereignis: Der russische Staatspräsident Wladimir Putin reist persönlich an, und Ljubas Freund, der Komponist Mikhail Pletnev, gibt ein Konzert. Ljuba wird von ihren russischen Freundinnen Irina Nikitina Haefliger und Margarita Louis-Dreyfus begleitet. Nach der Ansprache des amtierenden deutschen Bundespräsidenten Johannes Rau lädt Walter Scheel zum Empfang in kleinem Kreis mit Rau und Putin ein. Mit dabei: Ljuba und ihre Freundinnen. Nach einem kurzen Gespräch mit Scheel und Rau werden die Frauen zu Präsident Putin zugelassen. Als dieser Irina sieht, begrüsst er sie freudig – er kennt sie noch aus seinen St. Petersburger Studentenjahren. Irina stellt ihrerseits Margarita Louis-Dreyfus und Ljuba dem russischen Staatschef vor. Zwischen Ljuba und Putin kommt es zu einem bemerkenswerten Wortwechsel. Ihre Leidenschaft sei die Astrologie, verrät Ljuba dem hochrangigen Gast, und sie habe auch sein, Wladimir Putins, Horoskop studiert. Der Angesprochene lächelt und meint, sie solle ruhig weitersprechen. Ljuba erzählt ihm, was sie aus dessen Horoskop herausgelesen habe: Wladimir Putin werde jener Mann sein, der bis an sein Lebensende dem russischen

Volk die verlorene Ehre und Würde zurückgeben werde. Das hört der Angesprochene gern, und er bittet Ljuba, einfach weiterzuerzählen.

Irina Nikitina Haefliger hat Ljuba Jahre zuvor an der Schipfe über ihre Nachbarin Maria Stader, eine gefeierte ungarische Opernsängerin, kennen gelernt: Die Pianistin war zu jener Zeit die Ehefrau von Michael Haefliger, dem späteren Intendanten der *Festspiele Luzern,* des heutigen *Lucerne Festivals.* Es ist ein gemütlicher Abend. Die junge Russin begleitet den Gesang von Ernst Haefliger, Michael Haefligers Vater, am Klavier. Zu der schönen Irina findet Ljuba sofort einen Draht, beide verbindet die Liebe zur klassischen Musik. Irgendwann erzählt Irina Ljuba von ihrer Idee, in St. Petersburg ein Festival für klassische Musik zu gründen. Es gebe schliesslich in Russland zahlreiche begabte Jungmusiker, die zwar jede Menge Preise gewinnen würden, was diesen jedoch fehle, seien Auftrittsmöglichkeiten, besonders solche, die internationale Beachtung fänden. Diesen preisgekrönten Talenten möchte Irina eine Bühne geben, und sie kann auf die Unterstützung von Ljuba zählen. Mitte der 1990er Jahre gründet Irina das Musical Olympus St. Petersburg.

Ljuba und St. Petersburg: Immer wieder ist die Schweizer Hôtelière in der alten Zarenstadt anzutreffen. Etwa 1997, als zu Ehren der Primaballerina assoluta Maja Plissezkaja in St. Petersburg ein Ball organisiert wird und deren Gatte, der Komponist Rodion Sheschedrin, verhindert ist. Maja bittet ihre Freundin Ljuba, sie zu begleiten. Welch eine Ehre! Die Jahrhundertkünstlerin ist bereits über siebzig Jahre alt und wird in Russland zutiefst verehrt. So sehr, dass ihr die Moskauer ein Jahr nach ihrem Tod im Jahr 2015 eine Statue in der Nähe des Bolschoi-Theaters errichten: die Primaballerina in der Pose der Carmen, festgehalten für die Ewigkeit.

Dieser Ball ist der erste glamouröse Gesellschaftsanlass, der im nahezu vollständig restaurierten und wieder aufgebauten Katharinenpalast nahe St. Petersburg über die Bühne geht – lediglich das weltberühmte Bernsteinzimmer ist noch nicht wieder originalgetreu nachgebaut. Und Ljuba ist mittendrin: Fotos zeigen sie an diesem denkwürdigen Anlass im aufwendigen Abendkleid. Sie trifft auch Irina Nikitina Haefliger, die dank ihren Verbindungen in die St. Petersburger Hautevolee ebenfalls geladen ist. Der Abend ist ein voller Erfolg – auch für Irina, die viel Goodwill für ihr Musical Olympus erntet und erst noch die Zusage erhält, neben dem Festival einen Ball in einem Schloss in St. Petersburg abhalten zu dürfen. In den folgenden Jahren treten auch Ljubas Söhne Sascha und Mischa regelmässig an Konzerten des Musical Olympus St. Petersburg auf.

Auch in der Schweiz entsteht mit Friends Musical Olympus Schweiz ein Ableger der Kulturstiftung – Ljuba wird später Präsidentin, und so kommt die musikalische russisch-schweizerische Achse zum Tragen wie nie zuvor. Immer im Herbst veranstalten die Friends Musical Olympus Schweiz in der Zürcher Tonhalle einen Konzertabend – auf der Bühne musizieren Preisträger von internationalen Wettbewerben, die zuvor bei Olympus in St. Petersburg aufgetreten sind. Ljuba aktiviert auch ihre Kontakte in der Welt der klassischen Musik: Sie ist schliesslich Gönnerin des *Lucerne Festivals,* des Tonhalle-Orchesters, ist bei den Freunden des Opernhauses Zürich als Donatorin beim *Verbier Festival* und Förderin der *Salzburger Festspiele* sowie der Association Française des Amis du Théâtre Mariinsky. So spinnt sie diesen Faden weiter – für die Olympus-Musiker muss das Universum der Auftrittsmöglichkeiten vergrössert werden, etwa indem sie dafür sorgt, dass diese talentierten Künstler an den Kulturtagen im Hotel *Laudinella* in St. Moritz auftreten können. Auch kennt sie Hortense Anda-Bührle, die Präsidentin der Geza-Anda-Stiftung, die alle drei Jahre den *Concours Geza Anda* ausrichtet. Pianisten, die diesen Concours gewonnen haben, musizieren nun bei *Olympus*. 2016 legt sie ihre Präsidentschaft bei Friends Musical Olympus Schweiz nieder, ihr Herz aber schlägt weiter für junge Musiker. Und weil in den Jugendjahren ihrer Söhne das Landhaus Dornegg im Aargau stets ein Ort der Begegnung und des Musizierens gewesen ist, gründet Ljuba im Jahr 2017 die *Musiktage Dornegg*, die sie über die *Manz Privacy Hotels* sponsert: Drei Tage geben junge Talente auf dem Landgut Konzerte für die Bevölkerung vor Ort.

Wenn es in St. Petersburg etwas wirklich Grosses zu feiern gibt, ist Ljuba nun meist dabei. So auch im Jahr 2013, als das neue Mariinsky-Theater am Theaterplatz in St. Petersburg eingeweiht wird – eines der weltweit bekanntesten Opern- und Balletthäuser. Ljuba ist zusammen mit Maja Plissezkaja und Rodion Shchedrin zur Eröffnungsgala geladen. Eine Party der Superlative: Das russische Parlament, die Duma, ist in corpore vertreten, Staatspräsident Wladimir Putin hält die Eröffnungsrede. Die Opernstars Anna Netrebko und Placido Domingo schmettern Arien, und der Stardirigent Valery Gergiev treibt das Orchester zu klanglichen Höchstleistungen an. Beim anschliessenden Cocktail im kleinen Kreis unterhalten sich Maja und Ljuba angeregt: Maja mit Putin und Ljuba mit dessen rechter Hand, Sergei Iwanow, dem Vorsitzenden der russischen Präsidialverwaltung.

Neben der grossen Bühne der Musik gibt es auch die unternehmerische in Zürich, aus der sich Caspar Manz schon vor einigen Jahren verabschiedet hat. In einem TV-Interview sagt er, natürlich stünde er seiner Frau mit Rat und Tat zur Seite.

Wenn sie das wolle. Er geniesst seinen Ruhestand auf dem Landhaus im aargauischen Dornegg. Auf dem Pferderücken, pflegt er zu scherzen, fühle er sich inzwischen fast wohler als auf den Beinen. Mit seinen Söhnen Sascha und Mischa führt Caspar Manz in dieser Zeit lange Gespräche. Über Hotellerie. Gastfreundschaft. Und Unternehmensführung. Die Söhne realisieren: Ihr Vater ist der Patron und Hotelier jener Familienfirma, in die auch sie eintreten wollen. In die faszinierende Welt der Restaurateure. Ihre Eltern sind beide Mitglieder der internationalen gastronomischen Gesellschaft Chaîne des rôtisseurs. Dort vereinigen sich Restaurateure, die sich der gehobenen Küche verschrieben haben und sich regelmässig zum kulinarischen Austausch treffen. Da kann es durchaus vorkommen, dass als Ehrengast Prinz Albert von Monaco am Tisch sitzt. Später erhält Ljuba für jahrzehntelange Mitgliedschaft und die hochstehende Küche der *Hummerbar* den Titel Grand Officier Maître Restaurateur verliehen.

Diese Zukunft bricht für Sascha und Mischa jetzt an. Ljuba stellt ihren Söhnen eine Aufgabe: Sie sollen einen Businessplan der Hotelgruppe für die nächsten Jahre ausarbeiten. Ihren Eltern legen die Zwillinge ein Paper vor, das Investitionen von 35 Millionen Franken vorsieht. Das *St. Gotthard* und das *Euler* müssen auf den neusten Stand gebracht werden, die veraltete IT-Anlage ersetzt werden. Mehr noch: Sie wollen Hand anlegen an die *Hummerbar.* Einen kompletten Umbau. Weg von dem altehrwürdigen Rot! Da sieht auch Ljuba nur noch rot – «Finger weg von meiner *Hummerbar!*», meint sie zu ihren Söhnen. Was die Mutter auch ahnt: Die Hochschulabsolventen wollen theoretisch Gelerntes in der Praxis ausprobieren, und manches Mal müssen Youngsters dabei wohl etwas gebremst werden. Es ist ein Déjà-vu im Hause Manz. Als Caspar Manz seinerzeit in jungen Jahren die ganz grossen Veränderungen durchziehen wollte, hat sein Vater Ernst, der Grossvater der Zwillinge, ja bekanntlich den jugendlichen Übermut des Nachfolgers mit trockenen Worten pariert und gesagt, wenn das alles sei, was er gelernt habe, könne er gerade wieder gehen. Sanft, aber bestimmt werden nachfolgende Generationen auf ihr Vermächtnis vorbereitet.

Und irgendwann liegt dieses Vermächtnis nicht mehr in der Zukunft, sondern in der Gegenwart. Im Februar des Jahres 2010 stirbt Caspar Manz 87-jährig. Die Schweizer Gastronomie verneigt sich vor einem grossen Hotelier alter Schule, einem Grandseigneur. Zu seinem achtzigsten Geburtstag war er vom damaligen Präsidenten Christian Rey zum Ehrenmitglied der Hotelleriesuisse, des Dachverbands der Schweizer Hoteliers, ernannt worden. In der Tonhalle spielten damals aus Anlass dieser Ehrung Sascha und Mischa ein Rachmaninoff-Konzert für zwei Klaviere. Sascha Manz sagt Jahre später: «Mein Vater war Gastgeber, nicht Hotelunternehmer.» Und der nachfolgende Präsident von Hotelleriesuisse, Guglielmo L. Brentel, der seine Lehrjahre im *St. Gotthard* verbracht hat, urteilt: Caspar Manz «war ein Vorbild und ein grosszügiger, feiner Mensch».

Der letzte öffentliche Auftritt wenige Monate vor seinem Ableben hat noch einmal die Grandezza dieses Mannes gezeigt. Das *St. Gotthard* feiert 120 Jahre Leben. Ein Tag voller Sonne. In einer historischen, gelben Postkutsche, wie sie am St.-Gotthard-Pass einst für den Posttransport im Einsatz gestanden hat, fahren Caspar und Ljuba an der Bahnhofstrasse am *St. Gotthard* vor. Caspar Manz greift zum Mikrofon. Formuliert den entscheidenden Satz: «Die Weiterführung des *St. Gotthard* innerhalb des Familienunternehmens», ruft er seinen über zweihundert handverlesenen Gästen zu, «ist gesichert.» Mit Freude und Dankbarkeit dürfe er «der aktiven und zukunftsorientierten Unternehmensführung viel Erfolg wünschen und nunmehr als mehr oder weniger aussenstehender ehemaliger Patron den väterlichen Segen geben. Ein Moment, der heute leider nicht jedem Familienunternehmen vergönnt ist. Dafür bin ich euch, Ljuba, Sascha und Mischa, von ganzem Herzen dankbar.»

Es gibt Fotos von diesem Gesellschaftsanlass. Ljuba, ganz Lady in Rot, springt aus der Kutsche und zeigt viel Bein – dieser Schnappschuss findet natürlich den Weg in die Zeitungsspalten. Und zufällig vorbeikommende Passanten erhalten ein Gläschen Champagner in die Hand gedrückt, während der vom grossen Mikhail Pletnev komponierte Manz-Fest-Marsch von der *Stadtmusik Zürich* gespielt wird.

Nach Caspar Manz' Tod wird es ruhig im Hause Manz. Die Söhne sind ausgezogen. Ljuba fühlt sich allein gelassen mit ihrer Trauer. Zieht sich zurück. Fragt sich wieder einmal, ob sie ihr Leben neu aufgleisen müsse. Freunde versuchen sie aufzuheitern, was nicht so recht gelingen will. Als sie von einer wohlmeinenden Bekannten eine Einladung zum *Rotkreuz-Ball* in Monte Carlo erhält, nimmt sie ohne Illusionen an. Ihr Tischnachbar, ein ruhiger, junger Mann namens Marco Conte, ein promovierter Mathematiker aus Wien, ist Vegetarier. Die beiden tauschen Speisen aus – sie bekommt seinen Kaviar, er ihre Kartoffeln. Sie wären doch das perfekte Paar, witzelt Ljuba. Reist ab und vergisst den Mann.

Ihm geht sie nicht so leicht aus dem Kopf. Sie sei eine Erscheinung, die man nicht mehr vergesse, sagt Marco Conte, als er längst Ljubas Ehemann ist. Über verschlungene Wege gelangt er an eine Einladung zum Weihnachtscocktail, zu dem Ljuba jedes Jahr Freunde in die *Hummerbar* einlädt. Als er vor ihr steht, ist sie etwas überrascht. Nach dem Fest reden sie – über

Wien, wo er wohnt und sie einst gelebt hat. Sie erzählt lustige Geschichten über dort Erlebtes. Etwa wie sie in jungen Jahren einmal im Restaurant *Sacher* nach einer Opernaufführung den berühmten italienischen Tenor Luciano Pavarotti wie andere Gäste auch um ein Autogramm gebeten hat. Als sie vor ihm steht, gibt sich dieser ausserordentlich galant: Einer so schönen Frau, sagt der feurige Italiener, gebe er lieber einen Kuss als ein Autogramm. Ljuba lacht, entgegnet schlagfertig: «Ich bin Russin, wir bekommen drei!» Don Juan erfüllt. «Con grande piacere.»

Vielleicht hat Marco Conte diese Geschichte ermutigt. Auch er will einen Kuss von Ljuba. Diese lächelt, meint etwas kokett, heut gebe sie nur ein Autogramm, der Kuss folge im nächsten Jahr. «Also an Silvester um Mitternacht?», fragt er. Da müsse er sich in die Berge bemühen, gibt Ljuba zurück, zum Jahreswechsel sei sie mit der Familie in St. Moritz. Und dort, in den Alpen, können es die beiden nicht mehr verbergen – sie haben sich verliebt! Vor den Augen der in St. Moritz versammelten Zürcher Gesellschaft. Was zu wildem Getuschel führt: Ljuba habe einen Neuen, heisst es. Er sei dreissig Jahre jünger. Manche glauben schon zu wissen: «Das hält keine drei Monate.» Drei Jahre später, im August 2014, heiraten die beiden. In den Illustrierten lächelt nun eine strahlende, verliebte Ljuba an der Seite ihres Mannes Marco Conte.

Für den gebürtigen Italiener und Raumfahrtspezialisten ist die Welt von Ljuba wohl eine neue Erfahrung. Und auch deren Heimat Russland ist ihm wenig vertraut. Gemeinsam fliegen sie nach Moskau, speisen dort im *Grand Café Dr. Zhivago*. Und als plötzlich der Song «Those were the days» gespielt wird, ist Ljuba zutiefst gerührt. Sie erzählt Marco von ihrer musischen Familie mütterlicherseits, der russischen Revolution und davon, wie manche Familienmitglieder flüchten mussten. So auch der Cousin ihrer Mutter, Wasily Fomin, der 1922 in die USA emigrierte und dort ein berühmter Komponist und Pianist wurde. Der Song «Those were the days» ist nach einer von Wasily Fomin komponierten Melodie entstanden. Gesungen wird er von der zunächst noch unbekannten walisischen Folksängerin Mary Hopkin. Zum Welthit wird er erst, als der Song in den berühmten Abbey Road Studios der Beatles aufgenommen und von dem Beatle Paul McCartney produziert wird – er selbst spielt auf der Scheibe die akustische Gitarre. Weltweit wird die Single rund acht Millionen Mal verkauft.

Später besucht das Paar die Phönix-Stiftung in einem Randbezirk von Moskau. Ljuba hat die Kargheit ihrer eigenen Jugend nie vergessen, und jetzt, wo sie die finanziellen Möglichkeiten hat, gibt sie Strassenkindern ein Zuhause. Sie hat den Ankauf einer Datscha finanziert, in der heimat- und familienlose Kinder Geborgenheit finden und betreut werden. Und sie unterstützt auch die Mishka-Stiftung des The Martha and Mary Convent of Mercy in Moskau. Ein Frauenkloster, das ebenfalls Waisenkinder aufnimmt und grosszieht.

In der Schweiz wissen viele um das Engagement von Ljuba für russische Kinder – alljährlich an Weihnachten und Ostern treffen bei Phönix und Mishka grossformatige Pakete ein: gefüllt mit Schokolade, die von Lindt & Sprüngli-Chef Ernst Tanner geschickt werden, und auch mit Swatch-Uhren von Nick Hayek. Diese Hilfe für Russland bleibt nicht unbemerkt. In der Sendereihe *Auslandrussen helfen dem Mutterland* zeigt das russische TV zwei Dokumentationen über das karitative Wirken von Ljuba in ihrer alten Heimat. Beide Filmpremieren finden im Moskauer *Solschenizyn-Haus* statt, wo auch die Filme archiviert werden. Festliche Anlässe sind's, die sogar auf dem russischen Sender *TV Kultura* ausgestrahlt werden. Ljuba erhält bei dieser Gelegenheit für ihr Engagement eine Ehrung vom Patriarchen der russisch-orthodoxen Kirche.

In Russland zeigt Ljuba ihrem Mann einen Ort, der bei ihr ganz besondere Erinnerungen hervorruft. Auf Einladung der russischen Regierung dürfen die beiden eine nicht öffentlich zugängliche *Datscha* von Josef Stalin besuchen. Sie erzählt Marco die Geschichte, wie sie als Kind einst während einer 1.-Mai-Parade auf den Schultern ihres Vaters Ignaz Gruber gesessen und überzeugt gewesen sei, Stalin habe ihr, Ljuba, zugewunken. Sieben Jahrzehnte später steht sie nun an jenem Ort, an dem der Staatschef seine letzten Stunden verbracht hat, sieht Stalins spartanisches Bett, den Stuhl, auf dem Mao Tsetung gesessen hat, als der Chinese im Jahr 1949 bei Stalin zu Besuch gewesen ist. Und Marco spürt, wie tief die Vergangenheit Russlands bei seiner Frau noch immer verwurzelt ist.

Aber auch Ljubas andere Seite, die Welt der Hotellerie, erfordert in diesen Jahren ganzen Einsatz. 2011 feiert die *Hummerbar* im *St. Gotthard* ihr 75-jähriges Bestehen und das *St. Gotthard* im Jahr 2014 das 125-jährige. Das *Grand Hotel Euler* wird 2017 glorreiche 150 Jahre alt, und im selben Jahr eröffnet in Genf das *Hotel de la Paix* nach einem 25-Millionen-Franken-Umbau neu als *The Ritz-Carlton* und feiert gleichzeitig sein 150-Jahr-Jubiläum. Zur Einweihungsparty sind auch die *Marriott*-Chefin Amy McPherson und der Präsident der *The Ritz-Carlton Hotel Company*, Hervé Humler, angereist.

Im Mittelpunkt der Festlichkeiten immer die Frau, die das alles möglich gemacht hat: Ljuba Manz. Gewohnt elegant gibt sie die Gastgeberin, hält Ansprachen. Und lauscht den Worten, die andere an die Familie Manz richten. In Zürich, zum 125-Jahr-Jubiläum, ist das Guglielmo L. Brentel, damals Präsident von Hotelleriesuisse: Ljuba habe es geschafft, «dank geschickter Konsolidierung und Konzentration die Filetstücke des Unternehmens in Familienhand bewahren zu können». In Basel, zum 150-jährigen Bestehen des *Euler,* spricht der nächste Hotelleriesuisse-Präsident Andreas Züllig über Persönliches. Wie er bei Ljuba das Gewerbe der Gastfreundschaft erlernt und im *De la Paix* seine heutige Ehefrau kennen gelernt habe. Drei Hotelleriesuisse-Präsidenten sind mit Ljuba und dem *St. Gotthard* verbunden: Während Brentel und Züllig bei der Manz-Familie Teile ihrer Ausbildung zum Hotelier absolviert haben, sitzt ihr beider Vorgänger Christian Rey bis heute im Verwaltungsrat bei Ljuba. Welcher Hotelier in diesem Land kann das von sich behaupten, gleich drei Verbandspräsidenten beschäftigt zu haben?

Was die Profis der Gastfreundschaft sagen, bestätigt auch alt Bundesrat Hans-Rudolf Merz am 125-Jahr-Jubiläum des *St. Gotthard.* Er sagt mit einem Lächeln in die TV-Kamera, der von ihm hochverehrte Caspar Manz habe die Gruppe intuitiv geführt, seine Frau Ljuba aber habe strukturiert, umgebaut und Führungsinstrumente eingeführt – sie sei heute eine charmante Unternehmerin. Und charmant sinniert der alt Bundesrat über den Mikrokosmos Hotel nach. Über die Menschen, die sich darin begegnen. Schildert, wie sich einst die Schauspielerin Marlene Dietrich und der deutsche Bundeskanzler Willy Brandt im *St. Gotthard* kennen gelernt haben. Malt sich aus, wie es wohl gewesen wäre, hätten sich der Kabarettist Erich Kästner und der Satiriker Ephraim Kishon in der *Hummerbar* austauschen können, beide in verschiedenen Epochen Gäste des Hotels. Was wäre passiert, «hätten sich Igor Strawinsky, Herbert von Karajan und Robert Stolz um das Kaminfeuer geschart? Wer hätte dieses Trio wohl moderiert? Etwa Alexander Pereira?»

Die Gäste eines Hotels sind die Gegenwart, das Gästebuch aber ist deren zeitloses Universum. Ein «gebundenes Kulturgut» hat Hans-Rudolf Merz dieses speziellste Schrifttum eines Hotels einmal genannt. Es hat zahllose Autoren über viele Epochen hinweg. Wo sonst kann man Sätze wie diesen lesen? «Im Jahr 2032 feiere ich meinen Hundertsten im *St. Gotthard.*» Vielleicht die schönste Hommage an die Hoteliersfamilie Manz – es impliziert, dass es das *St. Gotthard* dannzumal noch geben wird. Geschrieben hat ihn Gunter Sachs. Nun, er selbst hat seinen Hundertsten nicht mehr erlebt. Aber wäre dies der Fall gewesen – ganz sicher hätte das *St. Gotthard* mit ihm dieses Fest gefeiert.

Was bleibt zu sagen? Vielleicht dies: Als Ljuba das *De la Paix* in Genf im Jahre 2017 zum *The Ritz-Carlton, Hotel de la Paix, Geneva,* macht, schliesst sich ein Kreis. Wie sie hat auch einst Marie-Louise Ritz, die Frau des grossen Gründers übernommen, als dieser krank geworden und frühzeitig gestorben ist. Was bei Ljuba Manz aber wohl einzigartig ist, formuliert sie selbst so: «Ich habe als Hotelgastgeberin länger gewirkt als jeder Manz vor mir.» Und dass es auch nach ihr weitergehen wird, dafür stehen Sascha und Mischa Manz sowie vier Enkel und die vielen langjährigen Mitarbeiter bereit.

Verstehen zu leben.
Verstehen zu geben.
Verstehen zu lieben.
Verstehen zu gehen.

Ljuba Manz-Lurje

Personenregister

Quellen

Achleitner, Friedrich: Österreichische Architektur im 20. Jahrhundert, Band III/1: Wien, 1.–12. Bezirk. Residenz Verlag, St. Pölten/Salzburg 2010
Alexander, Gerda: Tänzerin, Choreographin, Pädagogin Rosalia Chladek. 4., erw. Aufl.. ÖBV Pädagog. Verl., Wien 1995
Bader, William B.: Österreich im Spannungsfeld zwischen Ost und West 1945–1955. Braumüller, Wien 2002
Bär, Hans J.: Seid umschlungen Millionen. Ein Leben zwischen Pearl Harbor und Ground Zero. Orell Füssli Verlag AG, Zürich 2004
Behrends, Jan C.: Die erfundene Freundschaft. Propaganda für die Sowjetunion in Polen und der DDR. Böhlau Verlag 2006
Bihl, Gustav; Meissl Gerhard; Musner, Lutz: Vom Kriegsende 1945 bis zur Gegenwart: In: Wien. Geschichte einer Stadt. Bd. 3: Von 1790 bis zur Gegenwart. Hg. Von Peter Csendes, Ferdinand Opll. Böhlau Verlag 2006
Czeike, Felix: Historisches Lexikon Wien. Band 3 und 4, Wien 2004
Fischer, Karl: Die Vier im Jeep. Die Besatzungszeit in Wien 1945–1955. Kleinausstellung des Wiener Stadt- und Landesarchivs, Ausstellungskatalog 1985
Hermlin, Stephan: Russische Eindrücke. Verlag Kultur und Fortschritt 1948
Hornung, Ela; Sturm, Margit: Stadtleben. Alltag in Wien 1945 bis 1955. In: Österreich 1945–1955. Gesellschaft, Politik, Kultur. Hg. von Reinhard Sieder, Heinz Steinert, Emmerich Tálos. Verlag für Gesellschaftskritik, Wien 1995
Jobst, Kerstin S.: Geschichte der Ukraine. Reclam 2015
Jordan, Peter; Kappeler Andreas; Lukan, Walter; Vogl, Josef: Ukraine. Geographie – Ethnische Struktur – Geschichte – Sprache und Literatur – Kultur – Politik – Bildung – Wirtschaft – Recht. Peter Lang 2001
Lüdemann, Ernst: Ukraine. Verlag C. H. Beck 2006
Manz, Caspar E. und Ljuba: 100 Jahre Hotel St. Gotthard 1889–1989. Graphische Kunstanstalt Josef C. Huber, Diessen 1989
Naderer, Otto: Der bewaffnete Aufstand. Der Republikanische Schutzbund der österreichischen Sozialdemokratie und die militärische Vorbereitung auf den Bürgerkrieg (1923–1934). Ares Verlag 2004

Portisch, Hugo: Österreich II. Der lange Weg zur Freiheit. Kremayr & Scheriau, Wien 1986
Privatarchiv Manz
Rauchensteiner, Manfred: Kriegsende und Besatzungszeit in Wien 1945–1955. In: Wiener Geschichtsblätter 30. Wien 1975
Sachslehner, Johannes: «Wien. Stadtgeschichte kompakt». Pichler Verlag, Wien 1998
Stelzl-Marx, Barbara: «Stalins Soldaten in Österreich. Die Innensicht der sowjetischen Besatzung 1945–1955». Böhlau Verlag 2012
Walterskirchen, Gudula: Starhemberg oder Die Spuren der «30er Jahre». Wien 2002
Welan, Manfred: Student in Wien 1955–1960. In: Wissens – und Universitätsstadt Wien. Eine Entwicklungsgeschichte seit 1945, Herausgegeben von Oliver Rathkolb. Graz, Wien, Köln 1979

Sascha + Mischa Manz

Ebenfalls bei Stämpfli erschienen

Geboren 1917 auf dem Bauernhof Altikofen, schien Gosteli nicht zur Frauenrechtlerin bestimmt zu sein. Aber es kam anders.

Franziska Rogger
Marthe Gosteli – Wie sie den Schweizerinnen ihre Geschichte rettete
ISBN 978-3-7272-7903-4

Mit prägnanter, wandelbarer Stimme verwandelte die gelernte Schauspielerin ihr Publikum.

Franziska Schläpfer
Trudi Gerster – Ein facettenreiches Leben
ISBN 978-3-7272-1464-6

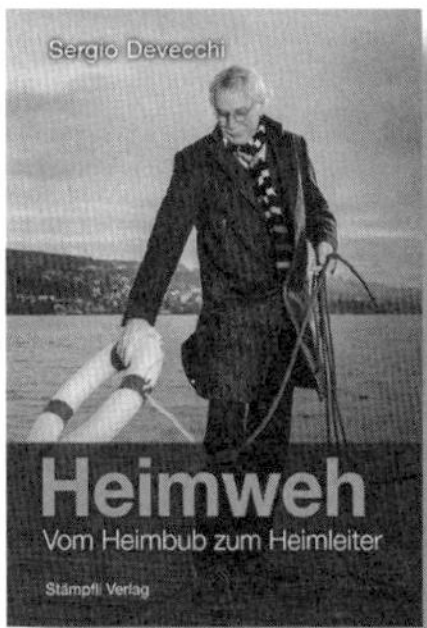

Ein ungewöhnlich langes Heimleben – und ein anschauliches Stück Schweizer Sozialgeschichte.

Sergio Devechi
Heimweh – Vom Heimbub zum Heimleiter
ISBN 978-3-7272-7905-8